ISAAC CASTRO

A VINGANÇA

SENDAS edições

Coordenação editorial: Sálvio Nienkötter
Editor-executivo: Daniel Osiecki
Editor-adjunto: Raul K. Souza
Editora-assistente: Francieli Cunico e Isadora M. Castro Custódio
Capa e Projeto gráfico: Carlos Garcia Fernandes
Produção: Cristiane Nienkötter
Revisão: Lídia Domingues
Preparação de originais: o Autor

Dados Internacionais de Catalogação na Publicação (CIP)
Angelica Ilacqua CRB-8/7057

Castro, Isaac
A vingança / Isaac Castro. -- Curitiba : Kotter Editorial, 2020.
280 p.

ISBN 978-65-86526-31-8

1. Ficção brasileira I. Título

CDD B869.3

20-2450

Kotter Editorial Ltda.
Rua das Cerejeiras, 194
CEP: 82700-510 - Curitiba - PR
Tel. + 55(41) 3585-5161
www.kotter.com.br | contato@kotter.com.br

Feito o depósito legal
1ª Edição
2020

ISAAC CASTRO

A VINGANÇA

Dedicatória

Ivonísia Maria de Castro.
Isadora Maria Oliveira Castro.
Noragesse Oliveira Rocha Castro.
Mariá Prazeres de Castro.
Benedito Ivo de Castro.
Ivana Maria de Castro.
E toda a família Materna.

Sumário

(...) Qualquer tipo de vingança é efetuada apenas por pessoas sórdidas, fracas e ímpias. Vocês já viram como andam aqueles que estão inflamados pelo desejo da vingança? Completamente curvados, olhos turvos e cheios de uma estranha ira. Estão doentes e não sabem. Estão perecendo e não sabem. Eu sei muito bem que, quem deseja se vingar, não formou esse sentimento dentro de si por nada. Esse sentimento sempre nasce de um ataque, de uma ofensa, de uma traição vil, pequena e mesquinha desenvolvida por alguém que não merece respeito ou misericórdia e só degrada os valores da humanidade a cada vez que respira, a cada vez que fala, a cada vez que se movimenta e caminha no mundo. Até suas sombras são infectas. Essas pessoas só sabem fazer o mal. São parasitas que se aproveitam da bondade e da pureza de algumas pessoas porque, para cada boca de um lobo sedento há sempre quilos de carne de uma ovelha pronta para ser devorada. São parasitas porque para cada predador existe a sua presa descansando na sombra, cheia de doçura. Quem é mau é mau por natureza e está gravado em seu sangue desde o momento em que nasce. Culpar a sociedade pela formação dos ímpios é uma imensa estupidez. Dizer que alguém desenvolveu o mau por que cresceu cercado de pobreza e miséria é uma piada. Eu cresci no meio da pobreza e da miséria e estou aqui: pura, limpa, minha honra glorificando a minha imagem toda a vez que acordo para um novo dia. Eu me degradei? Eu me vendi? Eu roubei, matei ou enganei alguém? Não. E duvido que surja alguém que erga a voz para desmentir o que eu digo. Existe alguém? Alguém que tenha algo para falar a meu respeito? Não?

Era apenas isso que esperava. E assim como o mal, o bem também é gravado no sangue da pessoa desde o momento em que nasce. Ninguém escolhe ser bom, nasce bom. Ninguém desenvolve a pureza, nasce puro. Ora essa, o que tudo isso tem a ver com o assunto proposto? Tudo, meus caros, tudo. A vingança se estabelece depois de uma vilania ou algo torpe. Podemos dizer que todos nós erramos e que até mesmo alguém de bom coração comete um ato vil em algum momento da vida. Tudo bem, isso de fato acontece. Mas grande parte das vilanias do mundo é perpetuada por pessoas ruins, pessoas do mal. Ora essa, uma pessoa sem caráter pode trair outra pessoa sem caráter e essa pessoa que foi traída pode buscar vingança normalmente: o mal contra o mal, o lixo contra o lixo; não existe mudança de natureza, não existe contaminação, mas apenas a fundação com mais profundidade em algo que não presta. Mas a partir do momento em que alguém ruim comete algo torpe contra uma boa pessoa e essa pessoa busca vingança, tudo muda de figura. A vingança desenvolvida por uma pessoa de bom coração contamina e degrada essa pessoa ao ponto dela se transformar e ficar irreconhecível até para si mesma. Não reconhece mais o que é certo ou errado, modifica o seu caráter, transforma a sua alma, torna-se um monstro que sangra qualquer um que atrapalhe o seu caminho até o final do seu objetivo: a vingança contra aquele lhe fez o mal. Então, não resta mais nada para o homem ou mulher de bem que desenvolve a vingança a não ser ver a si mesmo naquele que está se vingando. Exatamente, meus amigos. Não resta nada. Apenas a constatação da terrível simetria que fez com que ambos se igualassem de forma irremediável: o mal continuou mal e contaminou o bem, propagando a sua maldade e se perpetuando mais uma vez, fazendo com que dois seres completamente díspares se igualassem devido à fraqueza de um.

(...) Talvez a vingança seja o maior pecado que existe. Nele todos os pecados se aglutinam e se tornam um só: imenso, perverso, infinito. Cuidado com os seus sentimentos, meus amigos. Muito cuidado com aquilo que sonham e desejam. Não permitam que lhe façam o mal, mas também não se entreguem ao mal. Sejam fortes.

Fragmentos do XV sermão; Nísia Maria.

—— O Início. ——

1.

Como eu poderia começar toda essa merda?

Bom, pelo começo sempre é a melhor maneira.

Tudo começou com o meu corpo avançando por entre as ondas que não estavam fracas, mas também não estavam fortes. Resolvi que iria me afogar. Havia tentado isso pela primeira vez quando tinha treze anos e infelizmente fui salvo. Também não valeu muito, porque era em um rio. E também não tinha certeza se queria morrer, estava apenas confuso e perdido. Era jovem. Bom, ano passado eu também ainda era jovem e tinha apenas vinte e três anos. Ou seja, nada havia mudado da primeira tentativa de afogamento para a segunda, apenas o número de anos e um pouco da confusão porque perdido sempre estive, inclusive agora. Mas nada disso importa e estou apenas escrevendo bobagens. Vamos aos fatos.

Tudo começou com as ondas batendo em minhas pernas enquanto tentava decidir qual direção era a melhor para que meu corpo afundasse e não retornasse para a costa, ou caso retornasse não retornasse tão cedo. A praia não era das melhores, o mar não estava muito forte e o oceano estava muito bonito para ser maculado com o meu corpo, mas decidi seguir assim mesmo. Além do mais, não havia como desistir. Teria imensa preguiça para tentar novamente caso desistisse. Preguiça e coragem.

Avancei pela praia e comecei a nadar assim que não senti o chão. Passei as primeiras ondas mais fortes e curtas com mergulhos, voltei a nadar e passei por cima das ondas mais largas e abertas. As ondas acabaram mesmo com o vento forte e comecei a nadar no oceano com a sua água mais fria e parada. Olhei para trás e vi a costa. Talvez tenha avançado seiscentos ou setecentos metros. Voltei a nadar e avancei mais um pouco, cerca de trezentos metros. Teria avançado mais se não fossem as cãibras nas pernas e a hipotermia. Meu queixo batia e minha visão ficou turva. Tentei enxergar a costa novamente e vi apenas uma mancha de calor cercada por reflexos brancos com pequenas manchas escuras desbotadas. Afundei na água e fechei os olhos. Debati-me um pouco quando a água chegou aos meus pulmões e depois não senti mais nada. Na verdade, eu senti um pouco de frio e só.

Pensei que iria morrer finalmente e tudo acabaria. Meus pais jogariam meus manuscritos fora, venderiam os meus livros, chorariam por um tempo e depois me esqueceriam. Mas ao invés disso voltei a sentir meu corpo. Senti que me pegavam pelo braço e me retiravam da água, senti meu corpo ser tocado e revirado sobre uma superfície móvel que balançava. Depois, senti o calor retornar. Tentei abrir os olhos e não consegui. Logo percebi que fora salvo por pescadores, devido ao cheiro de peixe, e estava em um barco retornando para a costa. Não me lembro de ver nenhum barco próximo antes de afundar e enquanto nadava. Até hoje me pergunto de qual direção veio aquele barco. Logo escutava as ondas mais fortes batendo no casco e sentia os respingos da água atingindo o meu rosto. Estava salvo. Tentei abrir os olhos e não consegui novamente. O barco parou. Ergueram-me e me colocaram em uma espécie de bote, uma embarcação menor. Avançamos pelas ondas mais fortes e curtas. Tentei abrir os olhos e novamente não consegui. O barco pequeno flutuou na margem da praia e os pescadores que me conduziam saltaram na água. Começaram a empurrar o barco até que metade do casco penetrasse na areia. Senti cheiro de cigarro bem próximo do meu rosto e a poluição do trânsito. Escutei vozes de pessoas além dos pescadores. Ergueram-me e me colocaram na areia. Senti sombras cobrindo o meu rosto e diminuindo a claridade sobre minhas pálpebras cerradas. Escutei alguém dizer que me conhecia e que poderia me levar para casa. Tentei novamente abrir meus olhos com toda a força possível. Não consegui. Tentei me mexer e gritar e lembrar-me de quem era aquela voz sem conseguir nada além de continuar respirando com dificuldade. Ergueram-me novamente e alguém me carregou sozinho até chegar próximo de um carro. Abriram a porta e me estenderam ao longo do banco na parte de trás do motorista. Alguém perguntou para o dono do carro, que era a mesma pessoa que havia dito que me conhecia, se ele de fato me conhecia e ele disse que sim, me conhecia. Tentei novamente fazer qualquer movimento com o corpo e só consegui respirar com mais dificuldade. O carro começou a andar. Senti cheiro de cigarro trazido pelo vento. O motorista tossiu. Escutei buzinas, freadas, xingamentos. O motorista não respondia ou não falava nada para aqueles que possivelmente o xingava. Tentei novamente me mexer, abrir os olhos e não consegui. Estava completamente paralisado e apenas respirava. Senti que ainda havia água nos meus pulmões. O sal da água do mar arranhava meus lábios. Meu corpo suava e o calor parecia crescer, ao invés de diminuir. Era uma tarde, o calor teria que decrescer e não crescer. Rodamos por horas em ruas engarrafadas até pegarmos uma via rápida onde o carro pode acelerar com mais intensidade. O carro parecia ser forte, o motor roncava quando o motorista acelerava. O calor diminuiu com a entrada de vento pelas janelas. Escutei pássaros e cigarras. Há anos que não escutava cigarras. Senti novamente o cheiro de cigarro. Cigarros e cigarras no mesmo lugar e espaço. Tentei rir e não consegui. O carro parou. O motorista falou com alguém e depois seguiu. Andamos lento por cerca de dez minutos até pararmos. Novamente cigarras, muitas cigarras ao meu redor. O motorista saiu do carro e abriu a porta próxima da minha cabeça. Suspendeu-me pelos ombros e me carregou pelos braços. Minhas pernas deslizaram pelo banco e foram batendo na porta até meus pés caírem no chão no lado de fora. Fui arrastado até chegar a um trecho com grama, onde o motorista me soltou e saiu andando. Senti formigas andando no meu braço esquerdo, a claridade diminuindo lentamente sobre minhas pálpebras, o sereno da noite, trazido pelo vento frio, percorrer o meu rosto. Tentei me mexer ou gritar e não consegui. Tentei imaginar quem era aquela pessoa que eu não conseguia distinguir, se homem ou mulher. Imaginei a minha morte e quase consegui formar uma lágrima. Na praia eu queria morrer, mas ali não. Na praia eu havia escolhido que morte desejava ter, ali não, eu não tinha direito à escolha. Escutei passos e vozes: femininas e masculinas, ambas misturadas. Uma das vozes disse que não precisava de ajuda e que me carregaria facilmente devido à minha magreza. Fui carregado facilmente por alguém que parecia um homem devido à força e a voz. Também não reconheci esse homem, e com certeza ele não era o mesmo que me trouxe. Sombras e luzes sobre as minhas pálpebras, as vozes ao me redor se confundiam e nenhuma delas eu reconhecia. Subimos escadas, descemos escadas e imediatamente pensei que me levavam para um porão de tortura. Não sei por que pensei em um porão de tortura, de fato eu não sei. Andamos por um trecho plano até pararmos diante de uma porta. O homem que me carregava pediu que abrissem a porta em tom de ironia, dizendo que se ele tivesse outros braços não incomodaria ninguém. Abriram a porta e estranhamente eu senti uma corrente de ar tocar o meu rosto, trazendo o cheiro de terra molhada. O homem me colocou na cama e alguém pareceu ter fechado a janela porque não senti mais a corrente. Tentei abrir as pálpebras e consegui, mas logo os fechei e os mantive fechados. Fiquei com medo de chamar a atenção e ver o que deveria ver. Enfrentar o que deveria enfrentar. A porta do quarto foi fechada e uma luz no meu lado direito, possivelmente de um abajur, foi acesa. Depois de alguns segundos de silêncio alguém acendeu um cigarro. Quase tossi, mas me controlei.

— Bom. Quem é ele, Carlos?

— Ele é um amigo de infância. Há anos que não o via, desde a adolescência para ser mais exato. O nome dele é Leno Maria. Pelo que pude apurar ele se tornou escritor.

— Escritor? E que vamos fazer com um escritor?

— Calma, Iara, calma. Ele vai ser o nosso motorista. Você não queria um motorista? Então...

— E desde quando um escritor sabe dirigir bem?

— Ele não precisa saber dirigir bem, mas apenas dirigir. É uma pessoa dócil, afável e leal. Vai seguir todas as nossas ordens.

— E como você pode ter certeza disso?

— Ele me deve. Salvei o coitado de um afogamento quando ele tinha treze anos. Não se preocupe, meu anjo, não se preocupe.

Outra baforada de cigarro percorreu o ar e chegou até o meu rosto. Consegui prender a respiração e não tossir ao mesmo tempo. O homem que me carregara falou.

— Não sei, acho que ele não aguenta uma viagem muito longa. Além do mais, estamos em família.

Outra mulher, sem ser a mesma que conversou com o Carlos, também falou.

— Eu não acho. Ele vai servir. Parece uma boa pessoa.

Silêncio.

— Vocês dois tem essa mania de ver pureza e fraqueza nas pessoas antes mesmas de conhecê-las. Por que você acha que ele é fraco para a missão, Ivan?

— Porque sim, Iara. Ele aparenta fraqueza.

— Belo argumento. Melhor seria um tapa nessa sua cara de imbecil. E você, Nilda? Por que acha que ele é uma boa pessoa? E por que uma pessoa de bom coração nos serviria para o que pretendemos?

— Sei lá, Iara. Ele tem cara de anjo.

— Puta que pariu. Depois dessa, eu me calo.

Risos. Nova baforada de cigarro sobre o meu rosto. Não tossi, não abri os olhos.

Todos começaram a falar e a rir ao mesmo tempo. Não compreendi direito o que falavam, mas lembro de algumas palavras bem precisas: morte, vingança, assalto, dinheiro, honra, família, pai, mãe. O homem chamado Carlos gritou e os três se calaram.

— Vocês falam como hienas. Amanhã irei conversar com o Leno e tenho certeza que ele irá aceitar o convite. Bom, caso ele não aceite, teremos que procurar outra pessoa. Não poderei forçá-lo a ir.

— Por que não, Carlos?

— Porque não, Iara. Ele é meu amigo, não posso forçar um amigo a fazer o que não quer.

— Mas você disse que ele iria seguir todas as suas ordens.

— Bem, caso ele aceite ir conosco.

— Mas você disse que ele te devia.

— E daí?

— E daí que ele tem que pagar a dívida.

— Sim, claro, ele tem uma dívida comigo. Mas isso não significa que ele queira pagar agora, dirigindo um carro para quatro pessoas ao longo de possivelmente três ou quatro países.

— Eu não sei porque nós mesmos não dirigimos o carro. Podemos revezar.

— Não, não podemos Ivan. Nós vamos planejar e executar a ação, tentando alcançar o objetivo. Não vamos ter tempo para dirigir. O Leno, é claro, não vai dirigir o tempo todo, mas vai ficar encarregado apenas disso enquanto estiver acordado. Nós vamos ter que nos preocupar com outras coisas durante esse tempo livre, como: planejamento, análise do que fizemos no dia e na semana, dormir e descansar para estarmos prontos para a ação. Entendeu, ou quer que eu explique novamente?

Silêncio.

— Sim, entendi.

— Ótimo. Você é meu irmão e convive comigo desde que nasceu, mas parece que não me conhece.

Silêncio.

— Bom, eu e a Nilda vamos descer... Vamos, Nilda?

— Vamos.

Escutei passos se afastando, a porta ser aberta e depois fechada.

— Esse seu irmão é um estúpido, Carlos. O que tem de músculos tem de burrice.

Um dos dois riu enquanto o outro ficou calado. Uma nova baforada de cigarro cobriu o meu rosto. Quase tossi, mas me controlei.

— Não se esqueça que ele é seu primo.

— Infelizmente.

— E não se esqueça também que a sua irmã não possui muita inteligência, apesar de ter um belo corpo.

— Não ouse falar ou olhar para a minha irmã, seu nojento.

— Eu já fiz coisa melhor do que apenas falar e olhar para sua irmã, Iara. Esqueceu?

— Filho da puta.

Um tapa ecoou pelo quarto. Depois, outro tapa e um corpo caiu no chão. Alguém começou a gemer e a chorar enquanto passos se afastavam na direção da porta.

— Você devia se tratar, Iara. A sua irmã é apenas a sua irmã e nunca poderá ser outra coisa. Quando sair não se esqueça de trancar a porta. O Leno pode acordar e fugir antes de falarmos com ele.

O Carlos bateu a porta com força.

A Iara continuou gemendo e chorando. Depois, se levantou e andou com dificuldade até a porta, arrastando e batendo os sapatos com força no chão de madeira do quarto. Fechou a porta e a trancou.

Abri os olhos e vi o teto branco na escuridão. Tentei me mover e não consegui. Ainda estava completamente paralisado da cabeça aos pés. Apenas meus olhos se mexiam. Fiquei alguns minutos olhando para o teto e tentando me mover, inutilmente. Desisti e comecei a dormir.

2.

Irei logo aos fatos.

A pessoa que havia me levado da praia era o homem chamado Carlos. Era um antigo amigo de infância que me salvou na adolescência do meu primeiro afogamento. Depois disso ele sumiu junto com o seu irmão gêmeo Ivan, que lembro pouco porque quase não saía do apartamento em que vivia com o pai, a mãe, e é claro, com o Carlos. O Carlos jogava futebol comigo no antigo campo de terra depois das últimas casas. Não era o meu melhor amigo, era apenas meu amigo como todos os outros. Nunca tive melhores amigos, nem naquela época, nem agora. O rio que quase me afoguei e ele me salvou era em outro bairro. Na verdade, não era um rio e sim uma pequena represa. Lembro que simplesmente me joguei da parte mais alta e me deixei afundar. A água escura me cobriu e afundei rapidamente. Quando pensei que iria morrer escutei alguém caindo na água, possivelmente do mesmo ponto em que me joguei. Senti mãos finas e pequenas pegar meus braços e começar a subir meu corpo para a superfície. Estava quase inconsciente, mas percebi a claridade da tarde refletida na água, pessoas gritando na margem e outras nadando rápido para auxiliar o Carlos, que não parecia estar cansado e disse isso para os que se aproximavam. Tentei me afogar por que estava deprimido com o fato de que não poderia mais ser jogador de futebol. O médico disse que devido ao meu problema na coluna, formado a partir de uma falha no crescimento, não poderia fazer qualquer atividade física muito forte. No primeiro momento aceitei, mas depois entrei em parafuso. Estava me preparando para ser jogador desde os oito anos, não poderia reagir bem. Seis meses depois do afogamento descobri os livros. E cerca de um ano depois Carlos se mudou com os pais e Ivan, que na época era um garoto franzino e não esse monstro de músculos estranho que se tornou. Mas toda a transformação tem um motivo e depois falo mais sobre o Ivan.

As irmãs, que também eram gêmeas, eu me lembro de ver algumas vezes ao longo da minha infância e adolescência. Elas sempre apareciam quando os pais delas iam visitar os pais de Carlos e Ivan. A mãe de Carlos e Ivan era irmã da mãe de Iara e Nilda. Logo, os quatro eram primos. Lembro que Iara era séria e magra, com uma expressão no rosto que sempre soava como escárnio de tudo e todos que ela via ao redor de si. Nilda era completamente diferente e parecia um anjo, mas as duas eram bonitas ao seu modo, eu diria. Não fiz amizade com nenhuma das duas porque elas ficavam no máximo um dia no bairro: chegavam pela manhã e partiam pela tarde. Lembro que antes de Carlos e Ivan se mudarem vi a Iara fumando, o que me pareceu absurdo para uma pessoa de quinze anos, (todos os quatro tinham quinze anos na época, eu tinha treze) quanto mais sendo uma mulher. Ela fumava com longas baforadas e olhava enfezado para qualquer um que se aproximasse dela. A Nilda era completamente diferente. Andava de bicicleta conosco e desde aquela época já parecia uma mulher. Seus cabelos brilhavam no sol e seus dentes pareciam refletir intensamente mesmo a luz mais fraca que incidisse neles. Na época eu estava começando a ler e vê-la me enchia de romantismo estúpido. Até sonhar com ela eu sonhava, mas naquela época eu sonhava com qualquer uma, então isso não faz muita diferença.

Depois disso nunca mais tive contato com eles.

Quando acordei na manhã seguinte a primeira coisa que vi, foi um quadrado de sol vindo da janela em uma parte do teto. Tentei me mover e consegui. Olhei ao redor e vi um quarto simples: a cama grande e confortável onde estava deitado, um criado mudo com um abajur e uma mesinha com duas cadeiras próximo da janela. O quarto era pequeno e estava no terceiro andar. Cheguei à janela vendo os dois andares abaixo do meu e um pedaço lateral da casa onde não havia nada pelo chão gramado. Ao redor da casa havia outras casas de três andares com piscinas em uma rua tranquila, calçadas arborizadas, poucas pessoas andando ou correndo com roupas esportivas e óculos escuros. Depois de dois minutos passou bem lentamente um carro importado preto. Afastei-me da janela e saí do quarto. Passei um corredor largo e comprido ainda com as luzes acessas onde havia apenas outra porta além da minha, desci uma escada em espiral e cheguei ao segundo andar. Nele havia outro longo corredor e quatro portas. Continuei descendo a escada e cheguei ao primeiro andar. Andei por uma sala onde as paredes eram de vidro do chão até ao teto, com longas cortinas brancas presas nas extremidades. Na parte da frente da casa havia dois carros azuis estacionados ao lado de uma piscina média cercada de palmeiras e coqueiros pequenos. Entre as palmeiras e coqueiros havia mesas, cadeiras e esteiras para as pessoas se deitarem. Depois da piscina havia um trecho com grama, um muro e um portão de ferro para a entrada de carros. Fiquei na sala e me senti estranho com o excesso de iluminação em um lugar que era fechado, mas ao mesmo tempo passava uma perspectiva de abertura e amplidão. A claridade do dia na parte de fora da casa parecia ser aumentada pelos vidros e não ser filtrada, como seria o normal. Quando saí da sala e comecei a andar em volta da piscina notei que a claridade fora da casa não era tão intensa como na parte de dentro. Nunca havia estado em uma casa tão bonita em minha vida e duvido que venha a estar novamente. Sentei em uma das cadeiras e fiquei tomando sol. As paredes brancas refletiam a claridade e machucavam meus olhos. Comecei a lacrimejar. Abri um guarda-sol e coloquei a cadeira na sombra. Depois de alguns minutos uma pessoa passou correndo pela sala e sumiu na direção do que devia ser a cozinha. Quinze minutos depois apareceu o Carlos andando lentamente e olhando diretamente nos meus olhos, mesmo que ainda estivesse distante e fechasse uma das portas de vidro da sala. Não havia mudado muita coisa. Parecia mais alto, magro e com um nariz adunco. O cabelo não estava grande e nem curto. Aparentava estar naquele estado de calma e frieza que às vezes eu me perguntava quando criança se ele ainda estava vivo e respirava. Contornou a piscina e sentou ao meu lado sem me estender a mão, como se acontecesse de eu estar ali todos os dias, como se nunca tivéssemos ficado dez anos sem nos ver.

— Bom dia, Leno. Dormiu bem?

Respondi que sim. Pensei em falar e perguntar milhares de coisas: que há anos não o via, que ele não havia mudado nada, de quem era aquela casa, porque ele havia me levado até ali, que estava feliz (estranhamente feliz) em revê-lo, mas não consegui falar nada e me calei. Uma gota de suor escorreu pela minha testa e chegou até a minha boca.

— Vou pegar água. O dia começou muito quente.

Andou devagar e contornou a piscina olhando para alguns vasos de plantas coladas à parede que estavam ao lado dos carros.

Dez minutos depois apareceu segurando uma bandeja com água, sucos, frutas, ovos e pão.

— Pronto, vamos comer.

Ele começou a comer um pedaço de pão com ovos e uma gota da gema meio crua escorreu dos seus lábios, ficou pendurada no seu queixo e depois caiu no prato. Achei aquilo asqueroso. Acabou enchendo a minha cabeça de ideias estranhas que não irei relatar aqui. Além do mais, isso não tem importância.

Também comecei a comer.

Quando acabamos, depois de quinze minutos e o sol ficava cada vez mais forte ao nosso redor, ele finalmente deu início à torrente de merda.

Perguntou da minha vida e da minha família e o que eu havia feito ou não feito todos esses anos em que ficou sem me ver. Perguntou se eu havia casado, se eu havia tido filhos, se eu tive contato com alguma droga ou se eu fumava (nesse momento ele riu). Perguntou se eu bebia, perguntou se já havia me apaixonado perdidamente por alguma mulher e havia sofrido muito devido a esse sentimento, perguntou se eu já havia pensado ou tentado suicídio nesses últimos anos (nesse momento eu ri).

Carlos parou e começou a beber água com um sorriso no rosto. Virei-me enquanto isso na direção da sala, ainda rindo da última pergunta, e vi sombras de pessoas se movendo lentamente por entre os sofás até saírem para a piscina. Primeiro apareceu Ivan e depois Nilda. A Iara, por algum motivo que não sei explicar, ao ver-me retornou para dentro da sala com uma expressão de espanto e vergonha no rosto. Ficou um tempo atrás do vidro observando a mim e ao Carlos até o momento em que Ivan e Nilda saltaram na piscina, jogando respingos da água quase sobre a nossa mesa. Quando olhei para a direção em que ela estava, no meio do vapor e do fugaz arco-íris que surgiu sobre a piscina, ela não estava mais.

— Lembra da Nilda, meu caro Leno?

Enquanto pensava no que responder, ele respondeu:

— Continua a mulher mais bonita do mundo, não?

Assenti com a cabeça e fiquei observando Ivan suspender Nilda pelos braços e jogá-la até o outro lado da piscina como se fosse um pedaço de madeira.

Nilda não havia mudado muito. O cabelo castanho e encaracolado até metade das costas, com pequenas pontas loiras espalhadas em forma de mechas continuava o mesmo. Os olhos verdes, a boca pequena e redonda parecendo uma uva, o sorriso de dentes grandes e bem brancos, o nariz afilado, a pele quase morena; os seios, a bunda e as pernas ainda de uma adolescente. Ela ainda parecia ter quinze anos, mas apenas estava mais robusta, forte e levemente mais esguia. Parecia também mais feliz. A água escorria pelo seu corpo e brilhava intensamente antes de formar um tênue vapor em forma de halo ao redor dos seus troncos e pernas nos segundos em que ficava suspensa por Ivan, até ser jogada para o outro lado da piscina. Nesse momento que durava um segundo, suas pernas se abriam e dava para ver os lábios da vagina pressionados contra o maiô como se fosse rasgar o tecido e uma leve camada da penugem loira surgia próxima da virilha. Ela sorria enquanto gritava e seus dentes refletiam o sol, a sua língua aparecia e todos os seus outros músculos se contorciam em perfeição. Quando finalmente tocava e dividia a água em longas camadas pesadas, que depois se fragmentaria no ar ao avançar para todas as direções ao redor do seu corpo, era como se o mundo voltasse a girar sobre meus olhos.

— Já comi essa puta centenas de vezes, Leno. Você acredita?

Fiquei em silêncio e olhei para ele sem conseguir respirar.

— Essa vagabunda parece que não envelhece. Veja a pele dela, os músculos, a bunda, os dentes. Não há nada errado, nenhuma falha, nenhum arranhão. Parece que ela vai ficar assim até o último dia da sua vida, ou pelo menos vai envelhecer humilhando todo mundo e permanecer cheia de beleza, mesmo que em menor grau do que possui agora. Não sei se isso é bom ou terrível. O que você acha?

Fiquei sem palavras e não respondi nada, sentindo asco e nojo ao observar seu rosto.

— Vamos, homem, o que você acha?

— Não sei. Não acho nada.

Ele ficou me olhando cheio de enfado por alguns segundos e depois suspirou, colocando a mão no queixo. Abaixei a cabeça e depois voltei a olhar para a piscina, com os olhos cheios de lágrimas pelo reflexo do sol na água.

Ivan estava completamente diferente do que era antes: forte, alto, musculoso. Brincando com Nilda na piscina parecia bobo e infantil. Lembro dele, tanto na infância como na adolescência, sério, fechado, magro e corcunda. Passava pela rua olhando para o chão e não falava com ninguém. Pensei em comentar como ele estava diferente com o Carlos, mas me calei. Pensei que ele iria comentar algo, mas também não falou nada.

Ficamos mais quinze minutos em silêncio até que os dois saíssem da piscina. O Carlos me ignorou e voltou para dentro da casa, enquanto a Nilda se aproximou e deitou em uma das espreguiçadeiras distante cerca de cinco metros da nossa mesa. Continuei olhando para ela. Por um momento ela se virou para mim, ergueu o braço e deu bom dia. Seus dentes brilharam, gotas de água escorreram e se moveram por todo o seu corpo. Respondi, erguendo uma mão.

— Linda, não?

— Sim.

— Iria te levar em casa agora, mas vamos esperar mais um pouco.

Pensei que nesse momento ele me perguntaria sobre o afogamento, mas perguntou sobre meus livros, minhas leituras e depois se calou. Ficamos observando a água e Nilda secar e adormecer na meia sombra formada pela palmeira ao lado dela.

— Pegarei as chaves e te levarei em casa. No caminho eu falo o que tenho pra falar. Ou você prefere ficar aqui?

Não respondi nada e o Carlos sorriu.

— Volto logo.

Saiu correndo, contornando a piscina e sumindo dentro da casa.

A Nilda continuou dormindo até o Carlos chegar com as chaves, ligar o carro e me chamar. Não o havia visto sair pela sala. Passei cinco minutos observando a Nilda dormir como uma criança, com a cabeça sobre os ombros e pensei em milhares de coisas que não irei mencionar aqui. Quando o Carlos ligou o carro, ela acordou e olhou para mim. Fiquei alguns segundos diante dela enquanto ela tentava desvendar, ainda com os olhos nublados, o que formava uma sombra sobre a sua cabeça. Por alguns segundos ela pareceu assustada e o temor dela me causou alegria, por um motivo que não sei definir. Sem responder nada, eu me afastei e entrei no carro.

A casa, como previa, ficava em um condomínio fechado. Enquanto andávamos lentamente por ruas estreitas e arborizadas, pessoas saiam ou chegavam com seus carros importados. O condomínio era bem extenso e demoramos até chegar à portaria. Depois pegamos a avenida ********, seguimos pela orla e passamos por meu bairro sem pararmos. Perguntei se ele havia esquecido onde era seu antigo bairro e ele riu.

— Não, não. Quero ver a represa, há anos que não a vejo.

Eu também não a via desde o primeiro afogamento. Sentia a vergonha que os afogados sentem do local do seu afogamento. Pensei em dizer que não desejava voltar para aquele local, mas fiquei calado.

Em dez minutos chegamos.

A represa continuava quase a mesma coisa. Talvez um pouco de mato houvesse crescido na área onde antes havia um trecho com areia, mas não tenho certeza. Uma antiga cerca havia sumido próximo da ladeira que margeava a parte mais profunda, ao lado do paredão de concreto. A água ainda tinha a mesma cor escura e parecia estar no mesmo nível. Carlos estacionou o carro antes da pequena trilha cercada nos dois lados por galhos de árvores que formavam uma espécie de túnel sobre quem andava nela. Quando eu passava por essa trilha as árvores ainda eram baixas e recém plantadas. Paramos sobre o paredão de concreto, próximo da parte mais funda, onde eu havia me jogado anteriormente. Sentamos em bancos de tijolos que não existiam na minha época. Na parte mais rasa e por toda a represa não havia ninguém, a não ser restos de garrafas plásticas e sacos de lixo espalhados na área onde a maioria das pessoas ficava anteriormente e pareciam permanecer quando ficavam ao redor da represa. Os matos estalavam sob o sol de meio-dia e a claridade machucava nossos olhos. Uma tênue fumaça de vapor subia da represa e oscilava quase palpável caso estendêssemos nossas mãos.

O Carlos ficou três minutos em silêncio até finalmente começar a falar o que queria me falar.

Perguntou se eu me lembrava dos pais dele. Eu disse que sim. Perguntou se eu me recordava de ver os avôs paternos dele em algum momento quando iam visitar seus pais. Disse que talvez, não tinha certeza.

— Pois bem, Leno. Esses meus avós eram europeus e conheceram meu pai somente quando ele já era adulto. Não sei se você sabe, mas meu pai foi abandonado em um orfanato assim que nasceu. Viveu nesse orfanato até completar dezoito anos. Depois, começou a trabalhar e a viver dentro de uma fábrica. Trabalhava pela noite e dormia durante o dia. Nesse período ele conheceu a minha mãe, que também trabalhava na fábrica. O resto você já pode deduzir: eles casaram, eu e o Ivan nascemos, fomos morar no bairro, nos conhecemos e nos tornamos amigos, etc. Bom, com quinze anos, logo depois de ter salvado você, nossos avós paternos conseguiram achar meu pai e iniciar um contato. No começo foi difícil, mas com a ajuda da minha mãe, meu pai foi cedendo. Eu e o Ivan ficamos assustados, mas nada de mais. Meu avô nos encheu de presentes e a nossa avó com carinho. Rapidamente nos conquistaram. E com o tempo certas verdades foram aparecendo, tanto para o bem como para o mal. Esses meus avós eram judeus e passaram por campos de concentração durante a segunda guerra. Meu pai nasceu na Europa, inclusive, em um país que meus avós não souberam definir porque ele nasceu em um trem no momento em que ambos estavam sendo deslocados para o campo de concentração. Por incrível que pareça eles conseguiram dar a criança para um casal amigo, que imediatamente não cumpriu o que prometeu e não cuidou da criança, entregando-a para uma instituição de adoção. Não me pergunte como e porquê, mas meu pai acabou chegando até aqui com seis meses de vida e foi entregue a outro orfanato. Meus avós não souberam explicar essa parte direito. Depois de libertos eles procuraram por meu pai por toda a Europa ao longo de vinte anos até finalmente achar o seu paradeiro. No início não acreditaram que ele ainda pudesse estar vivo, mas depois de tantos anos procurando qualquer pista poderia ser um ponto de luz no emaranhado de escuridão. Depois de seis meses acharam meu pai. Até hoje lembro como foi engraçado o primeiro momento que os vi: era um fim de tarde e ambos estavam sentados no sofá, minha avó abraçada com meu avô como se não pudesse se soltar dele, ou sempre estivesse abraçado a ele. Meu avô sorriu assim que me viu e eu estranhei a semelhança dele com meu pai. Não sei porque, mas ao ver meu pai e ele juntos foi como se eu tivesse a capacidade de me projetar no tempo e conseguisse ver a mim mesmo no futuro mais próximo: meu pai, ou num futuro mais distante: meu avô. E essa perspectiva me alegrou imensamente porque eu não somente ainda teria os traços de ambos ao longo do tempo, como também teria a mesma força de vontade, caráter, honradez, bravura e honestidade que sempre esteve presente em ambos. Basicamente eu me senti Deus: forte e poderoso como um Deus, naquele instante que durou apenas alguns segundos.

Carlos parou de falar e pareceu fungar com o nariz, mas não tive coragem de virar o rosto e buscar uma confirmação. Um minuto depois, espantando mosquitos, ele voltou a falar.

— Eles eram ricos. Ganharam muito dinheiro com venda de tecidos na Europa depois da guerra. Tinham cerca de três fábricas médias que ambos administravam com fervor. Não tiveram novos filhos depois de libertos dos campos. Assim que acharam meu pai, resolveram vender tudo e se mudaram para perto dele e de nós. Nesse ponto nós saímos do bairro e fomos morar na casa que você viu hoje.

— E a Nilda e a Iara?

— Ah, claro, esqueci da Nilda e a Iara. Elas são nossas primas. A mãe delas é irmã da minha mãe.

— Sim, isso eu sei, você já havia me contado quando ainda morava no bairro. Mas por que elas vivem com Ivan e você? Pelo menos foi isso que eu entendi hoje pela manhã.

— Não, não, você entendeu errado. A Nilda e a Iara têm a casa delas. Aquela casa não é a casa delas. Como fomos criados juntos, nós compartilhamos nossas casas. Aquela é nossa casa.

Achei estranho o modo como ele respondeu, coçando o nariz e afirmando a todo instante que aquela casa não era delas, mas não perguntei mais nada.

Voltou a falar depois de espantar outro mosquito.

— Nesse ponto todo o sonho desmorona, como se nunca houvesse realmente a possibilidade desse sonho ter existido. Três anos depois de nos mudarmos para a nova casa, meus avós foram encontrados mortos, dentro do carro deles, em um terreno baldio. Estavam com as mãos amarradas e sacos plásticos envolvendo suas cabeças. Presos nos pescoços, linhas de náilon para pesca que foram usadas para o estrangulamento de ambos. Nenhum objeto de valor deles fora levado: um relógio de ouro do meu avô; a aliança de diamantes, uma corrente e um pingente de ouro da minha avó ainda estavam em seus corpos, intactos. Com esses fatos em mão logo percebemos que não fora um roubo, mas um assassinato brutal. Meus avós não tinham inimigos, nem na Europa e muito menos aqui, já que haviam acabado de chegar. Eram dóceis, afáveis, educados, cordiais. Mais pureza de espírito impossível. O meu pai ficou arrasado. Dormiu por quase um mês e se não fosse a minha mãe teria se matado diante de nós, com um tiro de revólver na cabeça, bem no meio da sala. Depois de três meses conseguiu se recuperar. E nesse processo imaginou tantas coisas, por ter perdido os pais logo depois de finalmente os ter recuperado, que acabou se fixando em uma ideia. Resolveu investigar sozinho na Europa por um longo tempo e voltou completamente modificado. Em menos de uma semana partia novamente em outra viagem de investigação que iria se estender por três países vizinhos ao nosso. Sempre mandava cartões postais e ligava para minha mãe pelo menos uma vez na semana. Mas depois de um ano e meio fora ele parou de ligar e mandar cartões postais. Uma semana depois a minha mãe partia atrás dele e também sumiria após um ano. Ficamos completamente atordoados. A mãe e o pai de Nilda e Iara resolveram partir juntos para ver se os encontrava. Menos de um mês depois eles também pararam de nos telefonar. Entramos em parafuso logo no início, mas depois nos sentimos livres. A herança de nossos avós era toda nossa e só tínhamos vinte e quatro anos. Perdemos o controle por cerca de seis meses e depois finalmente percebemos o nosso erro e estupidez. Toda a nossa família estava morta ou desaparecida. Procuramos autoridades e nada, procuramos amigos de meus pais e nada. Resolvemos juntar todos os cartões postais e cartas e tudo que foi escrito pelos quatros, e principalmente meu pai, após a morte de nossos avós. E descobrimos certos nomes e lugares que se misturavam; pessoas que haviam fugido da Europa e seguido para o nosso continente depois da guerra para não serem enforcados; grupos que se encontravam em fazendas uma vez por ano para planejar os assassinatos daqueles que "não morreram" nos campos de concentração, fotos de casas perdidas em estradas desertas no meio do pampa, bandeiras "não oficiais" hasteadas no meio de um céu limpo, insígnias confeccionadas e costuradas em roupas que meu pai havia roubado ou comprado e enviara para a minha mãe. Eu e a Iara juntamos tudo isso e formamos uma conjuntura. Falamos com o Ivan e a Nilda e dissemos que íamos partir, eu e a Iara, em busca de alguns nomes e vingar o nome da nossa família de uma forma ou de outra. Eles disseram que caso nós dois fôssemos, todos iriam. Bom, tomamos essa resolução um mês atrás. Organizamos tudo e percebemos que precisávamos de um motorista fixo, ou alguém que dirija grande parte do tempo enquanto descansamos em plena viagem. Ontem estava caminhando na praia, pensando em quem poderia chamar e vi você caminhando pela areia, entrando na água e avançando pelas ondas. Vi seu corpo virar duas vezes para a costa antes de afundar de forma estranhamente proposital na água e depois sumir por alguns segundos. Um barco surgiu no horizonte e se aproximou de onde você estava: pescadores pularam na água, recolheram o seu corpo, depois o levaram até a praia, diretamente até a mim, que o esperava com os braços abertos, para efetuar um segundo salvamento. Levei você até a minha casa e o tratei bem e agora conversamos diante da nossa represa. Como ela continua feia, não? Soube que cerca de duzentas pessoas já morreram nessa porcaria. Você acredita nisso? Que um laguinho como esse é capaz de matar tantas pessoas? Você acredita? Quem é suficientemente estúpido para morrer nesse laguinho?

Não respondi nada e fiquei calado, olhando para a água escura e turva da represa. Na verdade ele não queria que eu respondesse nada, mas apenas escutasse a ofensa velada que ele me fez. Bocejou e depois perguntou:

— Quer se tornar nosso motorista, Leno?

Ele sabia que devia minha vida a ele e por isso havia me trazido até a represa.

— Talvez você ganhe experiência para a sua vida e com isso possa escrever depois um grande livro. Os grandes escritores não fazem isso? Vivem a vida e depois escrevem?

Ele sabia que eu iria, ele sabia que eu não resistiria a tamanha loucura organizada e planejada com tamanha perfeição.

— Pense da seguinte forma: pelo menos será uma grande viagem, você conhecerá outros países e irá trabalhar muito pouco para tanto. Além do mais, você estará conosco: seus melhores amigos de infância e adolescência.

Mentira, mentira, mentira. Ele sabia que isso era mentira.

— Amanhã eu retorno e você me diz se aceita ou não. Pense durante essa noite. Caso aceite, arrume as suas coisas e leve somente o necessário: roupas, sapatos, documentos. Não se preocupe com o dinheiro, iremos cuidar disso, temos muito. E pelo amor de deus, não leve livros.

Livros pesam demais e não servem pra nada, a não ser limpar a bunda. Entendeu?

Todo o poder de conduzir do Carlos em poucos segundos. As palavras certas no momento certo e no local certo. Exatidão, precisão, organização.

— Vamos embora? Vamos embora.

Ele levantou do banco primeiro e depois o segui. Passamos a trilha e entramos no carro. Dentro do carro ele me deu o número da sua casa. Dez minutos depois estávamos diante do meu prédio. Acompanhei a sua manobra no estacionamento que jogávamos bola quando crianças. O sol começou a declinar e encheu o seu rosto impassível e cheio de suor depois do para brisa com uma estranha luz dourada. Seus olhos brilharam quando ele se virou para mim, sorrindo e estendendo o braço para fora do carro ao se despedir. O sorriso dele indicava que eu iria viajar, que havia sido coagido com perfeição na represa.

Filho da puta.

Entrei no prédio e subi os degraus das escadas imersas na escuridão planejando quais roupas levaria e se a única mala que eu tinha daria para todas. Abri a porta de casa.

3.

Fechei a porta do quarto e comecei a arrumar a minha única mala. Passei duas horas no jantar mentindo para a minha mãe onde eu havia passado a noite anterior e ela pareceu feliz com a minha mentira. Possivelmente percebeu que eu havia mentido, mas ficou feliz assim mesmo. Meu pai não deu muita importância e nem me escutou. Continuou comendo em total silêncio. Admiro o silêncio do meu pai. O silêncio dele não me ofende. Arrumei a mala em duas horas e peguei toda a minha roupa: seis blusas, duas calças, seis cuecas, três pares de meia e dois casacos para frio. Peguei meus dois sapatos e meus documentos. Pensei em pegar alguns livros e desisti. Levá-los seria inútil mesmo, não teria tempo para lê-los. Fiquei alisando as lombadas de alguns por certo tempo, olhando as capas, lendo trechos esparsos. Acabei dormindo sobre um em algum momento. Quando acordei, já era dia. Um dia bonito e claro de verão. Meus pais ainda estavam dormindo. Abri a porta do quarto deles e os vi abraçados, como se fossem dois adolescentes apaixonados depois da primeira noite de amor. E até hoje eles mantêm esse mesmo sentimento, mesmo depois de vinte anos de casados. Acho estranho e incompreensível. Acho bonito e forte. Mas nada disso importa. Deixei um bilhete dizendo que iria viajar por certo tempo com alguns amigos e manteria contato, coisa que depois não fiz, e que não pareceu ter muita relevância para eles, quando retornei. Ficaram felizes com o meu retorno e não fizeram muitas perguntas. Mas sobre isso eu falo depois. Liguei para a casa de Carlos e a Iara atendeu com uma voz estranha. Parecia que havia chorado muito antes de pegar o telefone. Atendeu e logo passou para o Carlos, que parecia estar bem próximo dela. Pedi que ele fosse me pegar na represa. Ele pareceu rir, não sei direito, e disse que logo sairia. Desliguei o telefone e andei pelas ruas ainda desertas de meu bairro. Todos ainda dormiam. As janelas fechadas escondiam o interior dos quartos através de cortinas vinho ou creme encardidas pela sujeira e o sol. Gotas de sereno se acumulavam na lataria dos carros. As folhas mortas das árvores rodopiavam pelas calçadas e pelas sarjetas. O primeiro ônibus do dia passou rangendo e sacolejando sobre os buracos no asfalto da rua.

Caminhei por vinte minutos e atravessei o outro bairro até chegar à represa. Sentei no mesmo banco que no dia anterior e na mesma posição. Uma névoa flutuava sobre a água e o sol ainda atrás das árvores começou a esquentar o meu rosto.

Enquanto esperava por Carlos imaginei tudo que possivelmente aconteceria ao longo da viagem e quase tudo que pensei de fato aconteceu. Uma viagem estúpida e desnecessária que eu resolvi participar para fugir dos meus reais objetivos, ou seja, fazer literatura. Uma viagem que me levaria para longe do meu fracasso e me afundaria em dias cheios de terror, morte e assassinato. Uma viagem que iria diminuir toda a minha bondade e caráter, mudar os meus princípios, me transformar de fato em um adulto, sempre em frente estando certo ou errado, sempre vivo mesmo que de forma precária.

Uma estupidez.

Um pouco antes de Carlos chegar pensei em jogar o papel com o número da casa dele na represa, voltar para minha casa, tomar o café da manhã com meus pais e sentar para escrever o meu livro por dez ou doze horas seguidas, sem pensar em mais nada além da construção das páginas e das palavras corretas que empregaria para cada frase, esquecendo completamente do meu encontro com o Carlos e de tudo que havia acontecido nos dois últimos dias.

Mas eu não fiz nada disso e continuei imóvel, pensando como em apenas dois dias todo o nosso destino pode mudar e nada podemos fazer para controlar essa mudança. Basicamente é a constatação de que diante de forças maiores somos tragados a nossa revelia, mesmo lutando com toda a nossa energia para que isso não aconteça.

Sentado no banco eu sentia uma imensa vontade de voltar para casa. Mas, ao mesmo tempo desejava viajar e penetrar na insanidade que o Carlos me contou e possivelmente deveria conter mais mentiras do que verdades (coisa, aliás que até hoje eu não sei precisar, mesmo depois de ter passado por tudo).

E ainda perdido na minha indecisão o Carlos surgiu por entre a trilha, andando lentamente. Assim que me viu, sorriu e meneou a cabeça, satisfeito e feliz. Pegou a minha mala e sem dizer nada começou a andar de volta na direção da trilha. Levantei do banco sem entender porque ele não falou coisa alguma e comecei a andar atrás dele. Consegui alcançá-lo ainda na trilha e fiquei calado, sem perguntar nada. Chegamos ao carro, saímos da represa. Seguimos.

4.

E primeiro teve a imensa viagem pelo nosso próprio país.

Mas o que é nosso país gigantesco senão um grande vazio?

Antes de chegarmos até os outros países vizinhos teríamos que atravessar grande parte do nosso. Achei que algo aconteceria ao longo dos cinco dias em que dirigi, mas nada de significativo aconteceu. Bom, pelo menos não que eu tenha percebido. Ou que eu tenha entendido. Muitas coisas sempre nos faltam: nada é muito sólido, sempre surgem arestas, pontos sem luz, margens e dúvidas. Incongruências. Rupturas. A nossa própria estupidez: que nos impede de ver a verdade mesmo que ela esteja esparramada diante da nossa cara.

A viagem pelo longo sul do nosso país foi assim. Cheio de sombras e pontos cegos, cheio de arestas e dúvidas.

Mas talvez eu esteja exagerando e a verdade nunca tenha aparecido de forma tão limpa e clara como surgiu nesses primeiros cinco dias da viagem. Talvez todo o resto da viagem tenha sido confusa e insólita, mas nessa primeira pequena parte não, ela não foi.

Mas talvez, também, eu esteja errado sobre a viagem inteira, o que é mais provável. Logo, estou completamente errado sobre tudo. Logo, estou completamente errado sobre todos.

Bom, mas nenhuma dessas dúvidas importa. Sigamos para os fatos.

Assim que chegamos na casa dos pais de Carlos, Iara, Nilda e Ivan nos aguardava ao redor da piscina com as suas respectivas malas já prontas. A Iara novamente pareceu não gostar de me ver, e ficou o tempo todo em que arrumávamos a bagagem no porta mala sem me olhar como se eu não existisse. Nem mesmo me cumprimentou. Ivan e Nilda me cumprimentaram, mas sem muito entusiasmo como se eu fosse um serviçal ou um empregado que eles conhecessem há anos. E de certa forma eu me sentia assim. Um escravo consentido. Esperei dentro do carro cheio de raiva e, ao mesmo tempo tédio enquanto eles fechavam a casa. Nilda usava um chapéu de palha com uma flor amarela falsa presa em uma fita branca acima das abas. Também usava óculos escuros e uma saia branca bem curta que realçava as suas pernas bronzeadas. Parecia que estava saindo de férias para o paraíso. Parecia um anjo. Carlos ficou ao meu lado no banco de carona. Ivan ficou no meio e a Iara e a Nilda ficaram próximas de cada janela no banco de trás. Por todo o primeiro dia fiquei sendo observado pela Iara. Quando olhava para o espelho retrovisor, ela desviava o olhar. Saímos pela manhã e seguimos por dentro de nosso estado até às dez da noite, quando pedi que parássemos devido ao meu cansaço. O Carlos riu e disse que na próxima cidade pararíamos. Nunca havia saído do meu estado devido a sua imensidão. Havia locais bonitos e de grande beleza, mas eles estavam fora da nossa rota. Praticamente ninguém falou nada durante essas quinze horas de viagem. A Iara me observou cheia de uma estranha raiva no rosto que até hoje me intriga, o Carlos ficou fazendo observações sobre as cidades e locais que passávamos sem muito sentido, o Ivan e a Nilda dormiram quase todo o tempo. O carro era grande e confortável, além de forte e resistente. Perfeito para viagem. Paramos para dormir em um hotelzinho pequeno de dois andares no limite de uma cidade. Ao longe podíamos ver as poucas luzes, a estrada e caminhões estacionados em filas perfeitas em um posto de gasolina. Carlos me disse que depois daquele posto o nosso estado acabava. O céu estava estrelado e ficamos somente nós dois observando as estrelas cadentes surgindo e sumindo entre as estrelas fixas e a escuridão. Um caminhão passou e ergueu a areia do acostamento próximo de posto de gasolina. A cidade e o posto sumiram por um tempo e me pareceu que eu estava cercado pelo deserto, completamente isolado do mundo e somente as estrelas me faziam companhia. Senti um formigamento nas pernas e pensei que caso morresse ali ninguém iria me enterrar. O meu corpo se fragmentaria no decorrer dos dias e semanas até restar somente meus ossos, que também iriam se fragmentar em algum momento. Todo o meu corpo iria se tornar um pequeno monte bem fino e granulado de areia que, durante a noite, algum caminhão iria empurrar e fazer com que cada grão voasse em direção ao céu, se perdendo na escuridão, se misturando com as estrelas fixas e as estrelas cadentes. Um pensamento bem estúpido e que quase verbalizei para o Carlos caso ele ainda estivesse ao meu lado. Quando me virei para vê-lo, ele subia a escada para o segundo andar, onde estavam nossos quartos. Permaneci alguns segundos parado até ver surgir novamente o posto e a cidade quando a nuvem de areia abaixou. Ainda me virei para me certificar que as janelas do carro estacionado ao lado do hotel estavam fechadas e subi para o meu quarto. Deitei na cama e comecei a dormir. O Carlos já estava dormindo, virado para a parede. Em algum momento da noite ele levantou e saiu do quarto, me acordando quando a porta foi aberta e a luz do lado de fora atingiu o meu rosto. Pensei que ele voltaria e logo dormi novamente. Meia hora ou quarenta minutos depois comecei a escutar barulhos vindos do quarto ao lado. No quarto ao lado estavam a Nilda, Iara e o Ivan. A Nilda e a Iara ficaram de dividir a mesma cama de casal, enquanto o Ivan dormiria no chão. Os barulhos começaram assim que Carlos saiu do meu quarto. Escutei primeiro a Iara gritando, depois o barulho de um tapa, desferido com força no rosto de alguém que ao ser atingido acabou batendo na parede. Houve alguns segundos de silêncio e depois um barulho de choro misturado com soluços surgiu bem próximo, sumindo após dois minutos. Risos e gargalhadas surgiram, a Iara ou a Nilda gritou que todos parassem de rir e as gargalhadas cresceram ainda mais. A pessoa que mandou todos se calarem também começou a gargalhar. Barulhos de móveis arrastados sobre o chão, passos pesados e suspiros de alívio após se livrarem do peso que carregavam. Segundos de total silêncio. Novos passos. Alguém gemeu de dor ou prazer e todos riram. Silêncio, suspiros, tapas, gemidos, novos tapas. Alguém se afastou do restante do grupo e ficou próximo da parede, chorando baixo enquanto os tapas e gemidos continuaram por cerca de meia hora ou quarenta minutos até cessar completamente. Novo silêncio. Duas pessoas começaram a conversar ao lado da parede. Novos gemidos e tapas enquanto as duas pessoas que eu não conseguia identificar as vozes continuavam falando. Um dos dois fazia perguntas como: se aquilo tudo estava certo, se havia amor naquela relação, se o próprio amor de fato existia, se eles estavam apaixonados e a outra voz sempre respondia não, não, não e não, nada disso existia e a outra pessoa sempre voltava a fazer novas perguntas e a conversa de ambos continuou até o ponto em que eu não consegui ouvir mais nada porque os gemidos e tapas em conjunto das duas outras pessoas sufocou a conversa. Os gemidos e os tapas cresceram ainda mais até que se mantiveram por alguns segundos e depois começaram a decrescer, restando apenas um barulho de algo que parecia arranhar o chão. Novo silêncio total. Depois de dez minutos escutei passos próximos da parede se afastando pelo meio do quarto até pararem. Novo silêncio. Cinco minutos depois alguém pareceu gemer ou soluçar. Vinte minutos depois eu estava dormindo.

Acordei somente no outro dia sem me lembrar da ordem exata dos fatos. Saí da cama e caminhei até chegar ao corredor. No andar de baixo os quatro estavam ao redor do carro, com os cabelos molhados como se houvessem acabado de sair do banho e sorrindo enquanto bebiam café em copos plásticos. Desci, cumprimentei todos e entrei no carro. Carlos abriu o mapa e me mostrou a rota que seguiríamos. Avançamos pela estrada e sem que eu percebesse saímos do estado. Passamos rápido pelo próximo estado em apenas três horas. Não havia muitas mudanças desse estado para o meu. Nada de significativo. Cortamos dois estados por rotas rápidas em seis horas e avançamos pela noite. Disse a Carlos que queria parar para poder descansar e ele disse que na próxima cidade pararíamos. Disse que ele então iria dirigir a partir daquele ponto e encostei o carro embaixo de uma árvore cercada de sereno e neblina. Pulei para o banco do carona enquanto Carlos dava a volta pela frente do carro cheio de vapores do sereno condensado sobre o capô. Encostei a cabeça na porta e dormi quando o carro voltou a andar. Acordei no dia seguinte sozinho e com a claridade machucando meus olhos. Saí do carro e caminhei sobre o acostamento ao lado de uma cerca que protegia um campo de trigo ou soja. Carlos e Ivan caminhavam pelo acostamento na direção de uma cidade com casas pintadas de branco. Caminhavam rápido e seus corpos se perdiam nos vapores que saíam do asfalto. Na mão de Carlos parecia haver um revólver ou uma pistola. No outro lado da pista, Nilda e Iara caminhavam por um descampado em direção a uma pequena ladeira onde uma árvore morta bloqueava metade do caminho. Atravessei a pista e entrei no descampado. Nilda e Iara subiram a ladeira e passaram por debaixo da árvore. Andei lento e ainda com sono, tropeçando no solo de uma cor arroxeada escura. Cheguei ao declive onde a árvore morta se projetava. Passei a árvore e andei mais um pouco por um caminho aberto no meio do mato baixo. Depois de uma árvore, em um novo caminho entre matos, eu vi Iara desferir um tapa na cara de Nilda com tanta força que ela caiu como se fosse uma boneca, erguendo a areia do chão e cobrindo o corpo de Iara por alguns segundos.

— Você é uma puta, Nilda, uma puta.

— Você também participou, Iara, você também participou!

— Puta desgraçada!!

Iara começou a chutar Nilda na região das pernas e da barriga enquanto ela tentava se proteger com as mãos e encolhia o corpo. Depois de trinta segundos, Nilda pareceu ter desmaiado e Iara cansada de chutá-la, afastou-se um pouco e se apoiou na árvore que me escondia. Com passos lentos comecei a andar para trás, observando a cabeça resfolegante de Iara entre os galhos. Girei o corpo e ainda escutei a Nilda gritar de dor antes de chegar à árvore morta. Andei rapidamente pelo descampado e cheguei a pista. Uma onda de calor cobria o carro e não havia nenhum sinal de Carlos ou Ivan. Olhei para o lado direito da pista e vi a árvore que havia parado na noite anterior para que o Carlos pegasse na direção. Da árvore até o ponto que paramos não havia nem cem metros. Comecei a andar na direção da cidade. Depois de dez minutos alcancei uma praça ampla e com pequenos bancos espalhados sobre um pátio de cimento. Não havia ninguém na praça além de Carlos que jogava xadrez com um senhor de chapéu branco. Enquanto me aproximava Carlos olhou para mim como se não me conhecesse.

— Ei, Leno Maria, você finalmente acordou.

— Por que você não dirigiu durante a noite? Já estávamos bem próximos da cidade.

— Faltou gasolina assim que você me passou o carro. Por isso parei ali. Mas não se preocupe, o Ivan já foi comprar.

O Velho me olhou e sorriu. O seu rosto estava coberto por verrugas e não havia um dente na sua boca. Carlos fez um movimento e derrubou uma peça branca do velho.

— Para que direção fica o posto?

— Naquela.

Pensei em perguntar quem era aquele velho e por que Carlos jogava xadrez com ele, mas depois desisti. Saindo da praça escutei gargalhadas nas minhas costas e me virei. Carlos e o velho gargalhavam juntos, com as cabeças viradas para o alto. Girei o corpo e segui.

As ruas da cidade estavam desertas. Um cachorro ou outro atravessava uma rua distante e sumia logo depois no calor que saía do asfalto. As casas estavam fechadas e a pintura branca das paredes machucava meus olhos. Finalmente vi um velho com uma bengala, usando um chapéu branco igual ao do velho que jogava xadrez com Carlos, entrando em uma casa. Nem lembrava mais que devia procurar um posto de gasolina quando escutei a voz doce de Ivan saindo de uma casa. Passei duas casas e parei diante da que o velho havia entrado. Aproxime-me do portão e escutei Ivan perguntando aos gritos para uma pessoa onde estavam os papéis e os mapas, os papéis e os mapas. Uma pessoa com a voz rouca e apagada respondeu algo que não consegui entender. Enquanto Ivan voltava a gritar eu abri o portão e avancei por um corredor escuro, atravessei uma sala cheia de móveis velhos e passei uma cozinha de azulejos marrons. Depois da cozinha havia um quintal onde uma árvore quase morta no centro do chão pavimentado estava rodeada por folhas podres. Ao longo da sombra sinuosa da árvore eu vi dois pares de sapatos e um chapéu branco. Passei a árvore e segui os gemidos baixos que se expandiam no silêncio até encontrar Ivan no final de um beco entre o quintal e a parede da casa. Próximo de um tanque para lavar roupas ele desferia socos rápidos e precisos na cabeça de um velho que estava jogado no chão e debatia as pernas. Próximo dos pés descalços de Ivan uma poça de sangue começou a se formar assim que o velho parou de se mexer. Mesmo assim, Ivan continuou dando socos na cabeça sem vida e imersa em uma massa escura avermelhada. Depois de dois minutos levantou do chão arquejando, com os seus ombros e cabeça balançando de um lado para outro. Como se tivesse percebido a minha presença antes mesmo de levantar, ele se virou e sorriu da forma mais natural possível. Ao longo do seu rosto havia respingos de sangue da testa a boca.

— Olá, Leno. Como me achou?

Pensei em algo para responder, mas não consegui. O sangue e o sorriso permanente em seu rosto, enquanto a sua cabeça balançava devido ao cansaço, me assustaram. Apenas continuei olhando para o seu rosto e não respondi nada. Depois de alguns segundos ele também se cansou de me observar e saiu de cima do corpo. Pelo chão a mancha de sangue que saía da cabeça do velho havia se prolongado. Ivan passou por mim e parou próximo da árvore, pegando os seus sapatos e entrando na cozinha. Ainda fiquei um instante parado, sentindo o cheiro doce de sangue que saía do corpo do velho me envolver no calor que se desprendia do chão. Depois fiquei um pouco enjoado e me afastei, seguindo o rastro de sangue das pegadas de Ivan que acabavam próximo de uma escada dentro da sala. Subi na escada em espiral e no segundo andar andei por um corredor estreito até chegar a um pátio aberto. No canto esquerdo havia um cômodo pequeno que parecia um escritório ou gabinete. Por uma janela vi Ivan se movendo na escuridão. Atravessei o pátio e entrei no cômodo que fedia a sangue e mofo. Com a ajuda de uma lâmpada fraca, Ivan ainda arfava e mexia com raiva em vários papéis espalhados sobre uma mesa. Fiquei parado ao lado da porta sem saber o que fazer: se poderia me aproximar ou deveria sair. Fiquei olhando uma estante ao meu lado, forrada de cadernos grandes e pequenos em várias cores, quando o Ivan me chamou. Caminhei sem pressa e parei ao seu lado.

— O Carlos me pede para pegar documentos e não diz o que eu devo levar. O que você acha? Levo esse ou esse?

— Não sei.

Ivan deu risada e ficou olhando para mim. A luz da mesa formou sombras no seu rosto que me assustaram. Abaixei a cabeça enquanto ele continuou me olhando por alguns longos segundos. Depois, voltou a estender os papéis amarelados sob a lâmpada.

— Você viu o Carlos?

— Vi. Estava jogando xadrez com um velho.

— Estava jogando xadrez com um morto, isso sim.

— Como assim com um morto?

— Não posso explicar.

Continuou mexendo nos papéis de forma estúpida, tentando achar algo de diferente entre eles que simplesmente não havia porque um era uma cópia do outro. Pensei em comentar com ele sobre isso, mas fiquei calado com medo da sua reação.

— E a gasolina?

— Que gasolina?

— A gasolina do carro que acabou.

— A gasolina do carro acabou? Quando?

— Assim que passei o carro para Carlos, ontem à noite, a gasolina acabou. Ele não te contou?

— Não, não sei de gasolina nenhuma. Pelo que eu saiba ainda temos meio tanque.

— Na praça ele falou que havia pedido para você comprar.

— Não me incomode, Leno. Estou ocupado, não está vendo? O carro está cheio de gasolina. Caso não possa me ajudar, me espere fora da casa.

Pegou novamente os papéis e os comparou embaixo da luz. A sua sombra parecia ter se alongado sobre a mesa, alcançado a parede e se estendido por todo o cômodo quando ele falou comigo. Senti frio e o cheiro de sangue cresceu sobre o meu rosto como se estivesse esparramado em mim e não em Ivan. Esperei alguns segundos e me afastei andando para trás até chegar à porta. Saí do cômodo e segui pelo pátio, avancei pelo corredor e desci a escada. Passei a sala sentindo o cheiro forte de sangue que vinha da cozinha e cheguei à porta. Comecei a andar pelas ruas que estavam menos quente do que antes e acabei me perdendo. Subi uma ladeira e no alto dela consegui ver a praça onde encontrei com Carlos e o velho. Memorizei as ruas e desci a ladeira. Quinze minutos depois estava na praça e via o corpo do velho que jogava xadrez com Carlos estendido no chão, ao lado da mesa. Ao redor da sua cabeça uma poça de sangue se expandia rapidamente como se tivesse sido morto poucos segundos antes da minha chegada. Seus braços e pernas estavam abertos e seu tronco estava virado para baixo. O sangue jorrava por um orifício na parte de trás da sua cabeça. Preso entre os dedos da mão direita havia o rei preto que Carlos jogava. Sobre o tabuleiro o rei branco ainda estava de pé, cercado por um espirro de sangue que deve ter saído do velho quando ele recebeu o tiro. No final da praça o seu chapéu rodopiava lentamente no vento fraco. Procurei Carlos pelas ruas ao redor da praça e não vi ninguém. Peguei o rei branco sobre o tabuleiro e limpei o sangue na camisa. Passei sobre o corpo do velho e olhei ainda para trás antes de começar a andar para a entrada da cidade. Enquanto subia a ladeira o sol começou a se por sobre as montanhas e encheu todo o espaço de vermelho. Quando as primeiras estrelas surgiram, consegui avistar o carro. Bem no centro do descampado os quatro conversavam. Ivan gesticulava e mostrava os papéis para Carlos que ria com escárnio e ódio enquanto parecia querer retirar algo do bolso da calça sem conseguir. Naquele momento me veio a imagem de Carlos enfiando no pescoço de Ivan uma peça de xadrez igual a que eu havia levado. Depois um jato de sangue jorrava do pescoço de Ivan, com gotas grandes brilhando na luz vermelha do entardecer. Mas ao invés disso, Carlos deu um tapa no rosto de Ivan e arrancou de suas mãos os papéis que ele carregava. Depois os jogou contra o vento e começou a andar na direção do carro. Iara veio logo em seguida, com um sorriso de satisfação no rosto. Caminhei o restante do trecho que faltava até o carro enquanto observava Nilda e Ivan se abraçarem com força como se estivessem chorando. Dentro do carro, Carlos remexia nos mapas com raiva, tentando achar o que queria. Encostei no capô e observei o resto de luz do sol sobre os cabelos de Iara enquanto ela atravessava a pista. Ainda sorria e pela primeira vez ela me pareceu muito bonita. Ao chegar próximo de mim, alisou o lado esquerdo do meu rosto de cima a baixo enquanto balançava o cabelo e olhava para a minha boca. Depois entrou no carro sem me dizer nada e se sentou na parte de trás. Carlos saiu com um dos mapas e estendeu sobre o capô.

— Leno, você entrou na direção errada em algum ponto desse cruzamento, está vendo?

— Que cruzamento?

— Este. Está vendo? Éramos pra entrar aqui.

— Tenho certeza que segui o percurso correto. Inclusive, não foi esse mapa que você me mostrou quando definiu a rota de ontem.

— Sim, meu querido, não importa que mapa ou que rota eu lhe havia mostrado ontem, mas sim que você errou o percurso e acabamos parando na cidade errada.

— Mas foi você que definiu a rota, homem. Como eu poderia acertar o caminho certo se é você que o define? E como poderia saber qual mapa é o certo se é você que escolhe os mapas certos?

— Sim, meu querido, não precisa ficar nervoso.

— E quem lhe disse que eu estou nervoso?

— Para mim você aparenta estar bem nervoso.

— Estou calmo e tranquilo como um velho jogando xadrez em uma praça.

Carlos riu e desviou o olhar. Ficou mexendo nos mapas por mais alguns segundos em silêncio e depois entrou no carro. Sem que eu percebesse Ivan e Nilda também já haviam entrado enquanto conversava com Carlos.

Antes de bater à porta o primeiro vento frio da noite tocou o meu rosto. O primeiro vento frio que eu sentiria de forma constante nos próximos meses enquanto avançávamos pelo sul.

Assim que bati a chave, sem me lembrar da gasolina, o motor roncou.

— Vocês trouxeram a gasolina?

— Não.

— Não.

— Pelo que eu saiba o carro ainda tinha gasolina.

— Pare de bobagem, Leno. O carro está cheio de gasolina. Caso não queira dirigir é só me passar o volante.

— Mas você havia me dito que o carro estava sem gasolina.

— Eu não me lembro de dizer nada. O carro está cheio de gasolina. Vamos embora.

Fiquei em silêncio olhando para o seu rosto enquanto ele aparentava sonolência e enfado. Sem me notar, recostou a cabeça na porta e começou a dormir com o seu rosto sumindo na escuridão. Olhei para frente e as primeiras luzes na cidade começaram a surgir como pequenas fagulhas. Olhei para a parte de trás do carro e vi cercado pela escuridão um par de olhos me observando. Depois surgiu um sorriso, um sorriso de mulher. Depois tanto os olhos e o sorriso sumiram, restando apenas a escuridão e o barulho suave de uma respiração. Voltei a olhar para frente e manobrei o carro, dando a volta e retornando para longe da cidade.

Depois de dez minutos, Carlos acordou, me indicou a direção no mapa que estava no seu colo e voltou a dormir. Tive a impressão que em toda a encruzilhada que chegava eu escolhia o caminho errado, seguindo pela neblina à noite e cortando uma névoa espessa pela manhã. Por volta de meio-dia todos acordaram e paramos para comer. Segundo Carlos eu estava no caminho certo e logo passaríamos outro estado. Enquanto almoçávamos Iara ficou me encarando e sorrindo. Percebi que o sorriso na parte de trás do carro na noite anterior fora o dela. Não entendi por que ela passou a sorrir para mim naquele momento da viagem e até hoje não consigo entender. O início da loucura que a tomaria depois? Talvez. Fugi do seu sorriso e do seu rosto e saí do pequeno restaurante em que paramos. Na frente do restaurante havia uma praça pequena com bancos pintados de branco. Ao redor da praça havia o restante da cidade com ruas arborizadas e casas pequenas também pintadas de branco. Ao redor da cidade havia montanhas e campos lavrados que deixavam bem visíveis a terra escura e arroxeada. O clima era frio e úmido, com um sol fraco ao redor de nuvens compactas. Pessoas com agasalhos cinzas ou pretos passavam entre as esquinas e sumiam dentro das casas. Pequenos barulhos: carros distantes, gritos, tiros de caça, risadas. Uma cidade pequena no meio do nada. Caminhei até a praça e sentei em um banco virado para o sol. Ergui o rosto e fechei os olhos. Minhas pálpebras começaram a esquentar. Uma nuvem cobriu o sol e minhas pálpebras esfriaram por alguns segundos. Voltaram a esquentar logo em seguida. Um vento frio trouxe o cheiro de terra molhada, couro, trigo e urina. Fiquei respirando ainda com os olhos fechados e balançando meu pé direito sobre uma pedra cheia de pontas. O vento ficou mais forte e os cheiros também ficaram mais fortes. Novamente outra nuvem cobriu o sol. Esperei que a sombra saísse em alguns segundos, mas ela permaneceu. Abri os olhos e Iara estava diante de mim. Era ela que cobria o sol. Acostumei os olhos e um pouco assustado me ajeitei no banco. Suas pernas estavam quase sobre as minhas pernas, e o seu quadril quase tocava meus ombros. Ela se afastou um pouco e sentou ao meu lado. Cruzou as pernas e sorriu. Ajeitou o cabelo. Molhou os lábios com a língua tentando demonstrar uma possível lasciva que me deixou ainda mais assustado e envergonhado enquanto o vento ficava mais frio. Abaixei a cabeça e parei de olhar para ela.

— E os livros, pequeno Leno?

— Que livros?

— Os seus livros, pequeno Leno. Os livros que você escreve.

— Por que você está me chamando de pequeno?

— Porque você é pequeno.

— Pequeno em que sentido?

— Em todos os sentidos.

— Não estou entendendo nada.

— Um dia você vai entender.

— Entender o quê? O sentido de pequeno?

— Exatamente.

Sorri de nervoso e mexi os braços e as pernas com vontade de fugir, mas sem ter força ou coragem fiquei parado.

Continuei olhando para o chão e para suas pernas que estavam quase tocando as minhas de tanto ela se aproximar, fazendo isso de forma visível, mas tentando dar a entender para mim que se aproximava de forma involuntária, sem querer, como se eu a tivesse atraindo.

— Sim, e os livros?

— O que quer saber sobre meus livros?

— Sobre o que são seus livros?

— Não sei responder essa pergunta. São livros, ficção, literatura, romances.

— Sim, isso eu sei. Mas quais são os temas, o que você fala neles?

— Sei lá. Falo da vida e da morte. Falo do tédio, do ódio, do amor, da vingança, da destruição, do perdão. Coisas humanas. Coisas que nos define como seres humanos. Sentimentos. Princípios, caráter. Justiça. Coisas que nos forma e nos alimenta.

— Seria uma espécie de ficção científica?

— Hahahaha... Claro que não, Iara! Por que você pensou assim?

— Sei lá. A sua definição foi esquisita.

— Só consigo definir desse modo. Esqueça o que eu falei.

Ficamos em silêncio e estranhei o fato de ter gargalhado. Há anos que não gargalhava.

O vento soprou e senti o cheiro que saía dos cabelos de Iara. Um cheiro levemente podre, um cheiro bom. Algumas mechas roçavam o meu rosto e o cheiro se ampliava. Depois o vento parou e o cheiro sumiu. Uma criança surgiu correndo e cruzou a praça. Usava um macacão azul e sapatinhos brancos de camurça com franjas. Sorria e seus cabelos loiros cacheados brilhavam no sol. Sumiu da mesma forma que apareceu.

Nesse instante Iara se aproximou ainda mais, o suficiente para sentir o seu hálito quente e novamente o cheiro do seu cabelo.

— Linda criança. Você já pensou em ter filhos, Leno?

— Não.

— Nunca se apaixonou por uma mulher e sonhou que tinha dois meninos gêmeos com ela?

— Não. Nunca me apaixonei e nunca sonhei em ter filhos, muitos menos gêmeos. Aliás, por que filhos gêmeos?

— Não sei. Você é o tipo de homem louco que, caso se apaixonasse, sonharia em ter filhos gêmeos com uma mulher.

— Não sou louco, nunca me apaixonei e nunca sonhei em ter filhos com mulher alguma.

— Você então é aquele tipo de homem que acha que ter filhos na nossa época é um ato horrível, um crime, um pecado.

— Como assim?

— Você acha que ter filhos na nossa época de violência e estupidez é uma coisa horrível, jogar crianças nesse mundo hostil é um crime. É disso que falo.

— Não, não penso dessa forma. Todas as épocas são hostis e terríveis, Iara. Logo, ter filhos em qualquer época é uma insanidade. Jamais terei filhos.

— E se você se apaixonasse?

— Pelo que eu me conheço, e eu me conheço bastante, eu jamais ficarei apaixonado.

— Você sabe o que é uma paixão, Leno?

— Não entendi.

— Deixa pra lá. Você ainda não sabe de nada. Ou então está mentindo. Você está mentindo para mim, Leno?

— Que eu saiba, não.

Iara jogou a cabeça para trás e gargalhou, apoiando suas mãos com força em meus braços. Senti suas mãos pequenas e macias, senti as suas unhas se afundando na minha pele enquanto olhava para o brilho em seus dentes e nos seus lábios levemente molhados ao sol. Seu hálito ficou mais forte e o cheiro do seu cabelo parecia mais sujo. Quando abaixou a cabeça, depois de gargalhar e ficar apenas rindo, um riso quase mudo, o seu rosto ficou um palmo do meu. Nos seus olhos levemente úmidos devido à contração do rosto durante a gargalhada, eu vi o reflexo do meu rosto e me assustei. Consegui me soltar dela e me levantar. Andei rápido e sem olhar para trás. Entrei no carro, liguei o motor e buzinei alto para que Carlos, Nilda e Ivan me escutassem. Meu coração disparava e minhas mãos tremiam. Buzinei mais uma vez e respirei forte, me recostando na poltrona. Carlos apareceu e perguntou o motivo da buzina. Disse que não havia sido eu. Ele ficou me olhando um pouco e depois se afastou andando devagar, sumindo sem pressa na escuridão da entrada do restaurante.

Iara surgiu depois de alguns minutos e entrou no carro quase em silêncio como se estivesse deslizando e houvesse veludo em suas mãos e pés. Abriu e fechou a porta de trás com uma delicadeza que, se eu não percebesse o seu movimento pelo espelho retrovisor, não a teria visto. Tentava evitar o seu olhar no espelho retrovisor e não conseguia. Ela sorria e alisava os cabelos. Molhava os lábios. Remexia novamente nos cabelos. Não achava mais ridículo seus movimentos histriônicos e desengonçados, até gostava. Quando ela estava para desabotoar o terceiro botão de sua blusa e parte dos seus seios levemente rosados estavam para aparecer, Carlos e Nilda entraram sem a menor delicadeza, discutindo algo que não entendi e batendo as portas. Iara rapidamente fechou todos os botões de sua blusa e voltou a ficar séria. Depois surgiu Ivan, segurando um saco de balas. Carlos não notou o meu nervosismo e me indicou a direção de saída da cidade.

O calor aumentava e o sol começou a esquentar o carro. Sobre o capô a umidade se tornava um tênue vapor. Pelas ruas carros passavam sem pressa, sacolejando, a cada cinco minutos. Saímos da cidade e avançamos pelas estradas mais arborizadas, desertas e frias. Iara ficou o tempo todo observando o reflexo do sol na umidade sobre as folhas das árvores que cercavam os dois lados da estrada. Consegui contar cerca de vinte arco-íris antes das cinco horas, quando o sol se pôs e voltei a dirigir na escuridão, com mais cautela e sem observar ninguém atrás ou ao meu lado.

Passei por duas cidades quase desertas, perdidas em névoas e nas luzes embaçadas dos postes. Na terceira cidade eu parei completamente exausto diante de uma praça e com as mãos congelando. Acordei Carlos que roncava e dormia escorado no espaço entre a cadeira e a porta. Olhei para trás e vi Nilda escorada em Ivan, que por sua vez estava escorado em Iara e que suportava o peso dos dois com a cabeça escorada no vidro da porta, embaçada pela sua respiração. Carlos acordou, acendeu a luz e olhou para o mapa. Perguntou por quantas cidades eu havia passado e depois mandou que eu seguisse reto, virando na segunda rua à direita e depois na terceira rua à esquerda, onde havia um hotel. Perguntei se ele já conhecia a cidade, estranhando o fato de tamanha precisão para chegar ao hotel, e ele não respondeu. Ficou coçando o rosto enquanto o carro balançava nos buracos e nas curvas. Dez minutos depois avistamos o hotel.

Estava tão exausto que quando percebi estava me jogando sobre uma cama e adormecendo sobre um travesseiro. Não lembro se alguém me conduziu ou se havia até mesmo alguém que possivelmente nos atendeu na entrada. Lembro somente antes de adormecer por completo que uma luz se apagou sobre as minhas costas e me senti envolto em uma escuridão úmida e macia. Abracei o travesseiro, suspirei e dormi.

Fui acordado cerca de meia hora (ou cinco minutos, tanto faz) depois por alguém que suspirava em meu ouvido. Virei o corpo e senti um cheiro doce envolver o meu rosto, pontas de cabelos molhados sobre a minha perna direita e uma mão macia que começou a alisar o meu peito.

— Olá, pequeno Leno.

Esperava escutar a voz de Iara, mas tenho certeza que era a voz de Nilda. Também estranhei o fato dela me chamar de pequeno, como a Iara havia me chamado na praça. Iria perguntar quem finalmente estava diante de mim, mas a mulher me beijou e sentou sobre o meu quadril, me calando.

Busquei o cheiro de Iara e só conseguia sentir o cheiro adocicado que havia envolvido o meu rosto. Também estranhei o corpo de Nilda. Não tinha a mesma bunda e os mesmos seios que havia visto na piscina no casa dos pais de Carlos e Ivan. A bunda parecia menor e os seios levemente caídos.

Logo depois que eu gozei a mulher saiu de cima de mim. Tentei ver seu corpo ou seu rosto enquanto ela se vestia no canto do quarto, na parte mais escura, e não consegui. Quando abriu a porta para sair sem dizer uma palavra, esperava vê-la pela iluminação do corredor, mas estranhamente a lâmpada estava apagada. Percebi apenas um vulto, uma mancha fechando a porta.

Fiquei olhando para o teto sem entender nada e novamente me senti exausto. Comecei a cochilar, cheirando meus dedos que estavam com o cheiro da buceta da mulher: um cheiro de maresia, salgado, sujo, bom.

Acordei novamente meia hora ou cinco minutos depois, não sei precisar, com uma mulher ao meu lado que alisava o meu peito.

— Olá, pequeno Leno.

Tenho certeza que a voz era de Iara, mas o cheiro adocicado se repetiu e envolveu o meu rosto. Quando iria novamente perguntar quem estava diante de mim, a mulher me beijou e subiu sobre o meu corpo, sem muito jeito. Novamente estranhei o corpo da mulher que para mim, parecia ser de Iara devido à voz. A bunda era pequena e dura, assim como os seios eram pequenos e firmes. Ou seja: parecia com o corpo de Nilda que eu vi na piscina.

Gozei com essa mulher por três vezes sem que nossos corpos se separassem.

Como a outra, saiu de cima, não falou nada e depois se arrumou com pressa no canto escuro do quarto. Tentei ver seu rosto e não consegui. Perguntei quem era ela, se era a Nilda ou a Iara e ela não respondeu, saindo do quarto sem que eu visse seu rosto, apenas um vulto rápido sumindo entre a escuridão do quarto para a do corredor.

Levantei da cama e saí do quarto. O corredor estava escuro e apenas por debaixo de uma das quatro portas havia luz. Caminhei com cautela e encostei o rosto na porta. Carlos e Ivan conversavam em um tom amistoso, entre risos. Escutei várias vezes o meu nome, mas não consegui entender sobre o que falavam. Passei pelas outras portas e não escutei nada. Retornei para o meu quarto e voltei a dormir.

Tive um sonho longo e insano, cheio de cores, formas e sons que durou até o amanhecer. Não irei descrever como foi o sonho porque posso revelar muito sobre mim. Bom, talvez em outro momento eu conte. Veremos.

Assim que despertei do sonho eu fiquei olhando para o teto, vendo o sol avançar por entre as rachaduras cheias de umidade da parede. Foi como se não tivesse ido dormir, como se a noite anterior e o sonho não tivessem acontecido. Na verdade, tudo parecia um grande sonho, inclusive o avançar lento e tênue, mas perceptível, do sol até chegar ao lustre e formar uma camada de cores como se fosse um arco-íris. As cores foram se ampliando e crescendo pelo teto até quase praticamente tomá-lo todo, restando apenas a parte próxima da janela sem ser tocada pela luz. As cores cintilavam e a poeira que flutuava no ar parecia soltar faíscas e brilhar como se fossem estrelas cadentes em um movimento lento e controlado. Não sei o que aconteceu, mas sem que eu percebesse o sol se foi e todas as cores sumiram, com o quarto voltando a ficar quase escuro.

Levantei e vi a manhã cheia de névoa em uma cidade bastante parecida com a anterior: as casas, as ruas, o sol e uma praça. A única diferença era o frio que ficou mais forte. Abri a janela e um vento fraco gelou o meu rosto. Fechei a janela e voltei para a cama como se o frio tivesse me dado sono. Voltei a dormir.

Acordei não sei quanto tempo depois com socos na porta. Levantei da cama com preguiça e abri a porta. Nilda e Iara estavam no corredor, abraçadas pela cintura, com os cabelos molhados e sorrisos estranhos no rosto. Ficaram me encarando e rindo por alguns segundos, olhando de forma lasciva para o meu corpo dos pés até a cabeça.

— Ainda dormindo, grande Leno? O Carlos nos pediu que te acordasse.

A Iara riu no momento em que a Nilda me chamou de "grande Leno".

— Estamos te esperando lá embaixo, querido. Não demore.

E saíram abraçadas, virando a cabeça de vez quando para me observar e rir.

Somente quando fechei a porta percebi que estava nu. E não me senti constrangido. Na verdade, não senti nada. Vesti a roupa e desci.

Enquanto tomava café, Carlos me dava instruções bem específicas de uma cidade que deveríamos chegar sem erro. Enquanto comia observava as linhas e os nomes das cidades sem muito interesse e sem tentar memorizar nada. Depois de certo tempo, nem a voz de Carlos eu escutava.

No carro, Ivan, Nilda e Iara esperavam. Desejei bom dia para Ivan e ele não me respondeu. Percebi pelo espelho retrovisor que ele me observava com raiva enquanto Iara e Nilda riam e cochichavam uma no ouvido da outra.

Saímos da cidade por volta das oito horas e seguimos sem parar até meio-dia, quando Carlos mandou que eu encostasse o carro em um posto de gasolina antes de uma vila pequena, cercada de vinhedos entre morros e vales. A névoa cobria as casas e as ruas. O vento frio soprava. Deixei Carlos abastecendo o carro e comecei a caminhar sozinho pela rua que parecia ser a principal e depois entrei em ruas secundárias onde as casas estavam distantes uma da outra por cerca de quinhentos metros ou mais. Avancei por uma estrada de terra onde cercas de madeira ameaçavam cair dos morros que margeavam o caminho. Escutei passos nas minhas costas e Nilda surgiu correndo, cortando uma névoa mais espessa que flutuava lentamente pelo chão.

— Pensei que tivesse perdido você.

Envolveu o meu braço e perguntou para onde eu estava indo. Disse que estava somente caminhando para aquecer o meu corpo. Seguimos andando em silêncio por alguns segundos com Nilda alisando minha mão que sustentava o seu braço até avistarmos um caminho aberto em uma floresta fechada de árvores altas e cipós entrelaçados.

— Vamos entrar ali.

Seguimos pelo caminho que parecia ser uma rota constante de pessoas pelo aspecto do chão, enquanto a floresta se adensava e ficava mais úmida. Depois de alguns minutos o sol surgiu e começou a iluminar o caminho que começava a ficar escuro devido à falta de aberturas entre as árvores. Caminhamos por entre as manchas de luz no chão e brincamos de quem conseguia pisar nas manchas maiores. Avançamos mais um pouco por um trecho onde os galhos eram mais entrelaçados e a umidade mais forte. Depois de um tronco caído e alguns galhos podres, chegamos até um descampado circular que não era coberto pelas árvores. Mesmo com a claridade machucando meus olhos, vi no meu lado direito a continuação do caminho entre as árvores e as manchas de sol pelo chão. Quando estava no centro do descampado a Nilda puxou meu braço e me beijou.

Transamos por cerca de meia hora e ficamos nos olhando enquanto respirávamos, depois de parar exaustos e felizes. Voltamos a transar com mais força e rapidez: nos mordemos, nos beijamos e antes de gozarmos, uma chuva rápida e forte nos atingiu. Novamente ficamos nos olhando e respirando enquanto descansávamos, retirando a água que havia no rosto de ambos. Colocamos nossas roupas encharcadas para secar sobre os galhos. O sol ficou mais forte e um vento balançou todas as árvores; folhas mortas rodopiaram lentamente e caíram sobre as poças; um arco-íris surgiu e durou apenas dois minutos. O sol voltou a ser coberto por nuvens e o vento cessou. Voltamos a transar escorados no tronco de uma árvore. Algumas das poças secaram e parte do chão ficou limpo. Voltamos a deitar com nossas cabeças encostadas, olhando para as nuvens que avançavam em blocos iguais como se fossem um conjunto de nuvens repetidas que retornavam a passar pelo mesmo ponto. Adormecemos abraçados e dormimos até o momento em que Nilda se mexeu para trocar de posição e me acordou. Levantei e coloquei meu sapato enrolado em minha camisa como suporte para a sua cabeça no lugar do meu braço. Ela se mexeu um pouco e estranhou, mas depois voltou a dormir. No céu, o sol não pareceu ter se movimentado. Na verdade, o tempo não pareceu ter transcorrido enquanto dormíamos. Talvez trinta minutos? Talvez três horas? Não sei. Parei de olhar para o céu e caminhei desviando das folhas para não fazer barulho até onde estavam as nossas roupas. Todas estavam secas. Vesti as minhas e peguei as de Nilda. Quando me sentava ao seu lado ela acordou.

— Quanto tempo dormimos?

— Não sei. O sol parece que não se mexeu, tá vendo?

— Hum, não sei. Não lembro em que posição ele estava...

— Está na mesma posição que antes.

— Mas isso é impossível, meu anjo. O tempo sempre passa e tudo se move.

— Mas não esse sol.

Nilda gargalhou e me abraçou.

— Talvez deva ser o estado em que estamos. Em que estado estamos?

— Acho que estamos no sul do ****** ou no norte de ***** ********.

— Ou seja, daqui a pouco estaremos fora de nosso país.

— Sim.

— Não sei, mas sinto que coisas ruins irão acontecer quando cruzarmos a fronteira com o *******.

— Como assim coisas ruins?

— Coisas ruins: mortes, destruição. Acidentes de carro, violência.

— Pelo amor de deus, Nilda. Já estamos vivendo isso desde o início da viagem.

Ela gargalhou e me abraçou com mais força.

— Sim, mas talvez no ******* e na ********* seja pior.

— Iremos até a *********?

— O Carlos não te falou? Talvez seja necessário avançar até o *****.

— Até o *****? Podia exigir salário para dirigir até o *****.

Ela me abraçou e me beijou, gargalhando do que eu havia dito. Depois ficamos calados, observando as folhas caindo das árvores e escutando nossas respirações cada vez mais ritmadas.

— Você tem medo da morte, Leno?

— Como assim?

— Medo da morte, medo de não existir mais.

— Sei lá. Talvez eu tenha medo de sofrer, mas não da morte. Quando eu estiver morto, estarei morto. Não irei conseguir pensar sobre isso, racionalizar ou divagar. Logo, não terei medo. Mas por que essa pergunta?

— Por nada. Apenas uma pergunta boba.

Ela me abraçou com mais força. Uma folha se desprendeu de um galho e rodopiou, caindo na nossa direção. Depois, estranhamente, subiu um pouco como se o vento a tivesse erguido antes de finalmente chegar ao chão.

— Eu tive um sonho louco enquanto dormia. Você lembra os seus sonhos, Leno?

— Não, nunca lembro os meus sonhos. Como foi o seu?

— Eu estava em um quarto escuro e fechado, onde a única luz vinha de uma abertura em uma porta pequena, menor do que a minha altura. O quarto parecia uma daquelas solitárias de prisão ou de hospício, sabe? Mas assim que eu caminhei e me agachei forçando a porta que não tinha maçaneta, ela se abriu com facilidade. Uma luz forte atingiu o meu rosto e engatinhei às cegas sobre o chão que parecia molhado com algo pegajoso, que me lembrou naquele momento vaselina ou graxa. Pressionei as pálpebras e voltei a enxergar, vendo que eu estava dentro de uma sala larga e extensa onde as paredes eram acolchoadas e brancas como as paredes de um quarto de hospício. Olhei para o chão e percebi que estava pisando em algo de fato gosmento e que ele escorria do fundo da sala até chegar a mim como uma espécie de poça gigante. A gosma era translúcida e macia, gostosa de pisar e sentir se espalhando entre os dedos dos meus pés...

— Você estava descalça?

— Não me interrompa, Leno, assim eu me perco, poxa vida... Sim, eu estava descalça e com um vestidinho azul bem curtinho. Também estava com o cabelo grande e solto, que se refletiu na poça quando me curvei para ver em que eu estava pisando. Apenas achei estranho o meu olhar louquinho também refletido na poça, mas isso não conta. Resolvi continuar andando pela poça macia e comecei a pular sobre ela, brincando como uma criança. Enquanto avançava e espalhava o líquido pelo resto da sala eu percebi que a poça começava a se adensar e a ficar maior, mas sem me importar muito, continuei pulando e brincando pela poça e andando normalmente. E quando eu menos esperava, no ponto em que a poça estava mais funda, eu ergui a cabeça e vi a mim mesma escorada na parede, com as pernas abertas e também de vestido azul. Veja bem, não era um reflexo, era eu duplicada que estava escorada na parede apertando uma barriga grande de mulher grávida, enquanto por entre as pernas, jorrava o líquido espesso e gelatinoso que formava a poça em que eu pisava.

— Líquido amniótico?

— Não sei dizer, acho que sim. Ele simplesmente jorrava da buceta dela como uma espécie de fonte ou bica, entende? Era bem espessa e forte. Fiquei paralisada vendo a mim mesma sofrendo e chorando, enquanto pressionava a barriga grávida como se quisesse espremer algo que tivesse que ser expulso para que a dor que a atingia cessasse. O jorro do líquido se ampliou e por um instante olhei para baixo vendo que o líquido havia avançando pela minha perna e quase tocava o meu joelho. O meu ser duplicado agora pressionava com mais força a barriga que parecia conter algo vivo e monstruoso, algo que empurrava a pele da barriga como se ela fosse feita de plástico: elástica e flexível. Com isso, o jorro do líquido também se ampliou e por isso ele chegava até o meu joelho. Não sei se por medo ou pelo líquido que cobria as minhas pernas, continuei paralisada sem conseguir me mover e olhei novamente para baixo vendo que o líquido já estava em minhas coxas, quase atingindo minha cintura. Quando ergui a cabeça novamente eu vi sair por entre as pernas da mulher duas crianças gêmeas imensas, não com a idade de crianças normais com nove meses de gestação, mas parecendo crianças de dois ou três anos. Assim que elas caíram no chão já se ergueram e começaram a se limpar, retirando de seus rostos enquanto sorriam, como se já estivessem acostumadas com aquilo e tudo fosse uma grande diversão, o líquido amniótico que as cobria. A mulher (que era eu mesma, não se esqueça) pareceu estar aliviada e feliz, se jogando no chão e ficando com as pernas abertas, onde uma pequena quantidade de sangue escorria. Nesse momento senti frio nas pernas e olhei para baixo. O líquido havia parado de avançar sobre as minhas pernas e voltava a diminuir ao longo do chão. Quando ergui a cabeça novamente, as crianças haviam se tornadas adultas como se em poucos segundos anos houvessem se passado e começavam a carregar a mulher pelos braços. Ela parecia fraca e envelhecida como se o tempo que havia atingido às duas crianças também houvesse atingido ela. Comecei a segui-las e chegamos até o fim da sala onde havia outra porta pequena e minúscula como se feita para a passagem de animais ou crianças. Com dificuldade as três passaram. Depois de esperar que elas se afastassem um pouco, no que parecia outra sala idêntica à que estávamos, eu me agachei e passei pela porta. E para meu susto, nós voltamos para a mesma sala que estávamos: o líquido amniótico havia secado e formado uma mancha pelo chão. No mesmo local que a mulher havia parido ainda havia manchas de sangue, só que secas e ressecadas. Continuei seguindo elas até que novamente a mesma porta surgiu e as três passaram. E novamente paramos na mesma sala. Continuei seguindo-as e passamos novamente pelas manchas formadas pelo líquido e pelo sangue, parando diante da mesma porta. Resolvi que não iria mais passar por aquela porta e sentei no chão, ficando recostada na parede ao lado dela. Sem perceber, acabei cochilando. Cerca de cinco minutos depois eu escutei passos vindo na minha direção e abri os olhos. As duas mulheres estavam diante de mim, adultas e idênticas, ambas segurando um esqueleto completo com restos de cabelos no crânio. Logo percebi que aquele esqueleto fazia parte da mulher que as havia parido, ou seja: eu mesma. Levantei perplexa do chão e dei alguns passos, parando diante delas. No mesmo instante as duas fizeram uma cara de horror como se tivessem diante de um monstro e saíram correndo na direção contrária, largando o esqueleto que se espatifou no chão em milhares de pedaços reluzentes e translúcidos como se ele fosse constituído de vidro e não de ossos. No momento em que o esqueleto se espatifou eu fechei os olhos, com medo de que algum pedaço atingisse meu rosto. Quando abri os olhos, vi que você estava sentando ao meu lado.

Pensei em dizer algo para Nilda, mas durante toda a narração do sonho eu acabei pensando em outras coisas. Nem sei ao certo se foi dessa forma que ela me narrou o sonho, assim como também não tenho lembrança quais foram as perguntas exatas que eu a fiz. Também não lembro o que fiquei pensando enquanto ela narrava o sonho.

— Você me escutou, Leno?

— Sim, escutei.

— O que você achou?

— Não sei dizer.

— Como assim "Não sei dizer"?

— Não sei o que achar do seu sonho. Não sei responder a sua pergunta.

— Certo. Deixa pra lá.

Ficamos abraçados por mais alguns minutos vendo novas folhas caindo das árvores. O sol começava a se pôr e o céu se tornava rubro lentamente sobre as nuvens, sobre as árvores, sobre nossos braços e pernas, sobre tudo. Resolvemos retornar e levantamos do chão. Seguíamos pelo caminho que havíamos atravessado quando escutamos barulhos e gritos vindos a nossa esquerda. Cruzamos algumas árvores e chegamos a um campo extenso de trigo. No final do campo havia uma casa pequena de madeira começando a pegar fogo. Nilda não queria avançar para vermos o que ocorria, mas eu a puxei e fiz com que ela viesse junto comigo. Depois de cinco minutos de corrida vimos com perfeição Carlos segurando um pedaço de madeira que pegava fogo na frente da casa, e Ivan com uma lata de gasolina ao lado dele. Ambos estavam de costas para nós. Carlos espalhava fogo pela casa encostando o pedaço de madeira nos alicerces da casa, enquanto Ivan espalhava a gasolina que logo se inflamava, criando um rastro de fogo. Carlos gritava para alguém dentro da casa que era para ela sair e a pessoa dentro da casa gritava que não iria sair. Sumiram por alguns segundos quando passaram para a parte de trás da casa e depois reapareceram sem o pedaço de madeira e a lata de gasolina. Pararam na frente da casa e depois se afastaram até o início da plantação. Rapidamente, a casa pegou fogo em labaredas espessas de tons amarelos, dourados e azuis. Uma fumaça preta e grossa subia reta e constante a partir do teto e não se dispersava para os lados ou para baixo. Depois de alguns minutos parte do teto cedeu e escutamos um grito rápido e agudo de dor. Depois a porta que estava quase caindo foi empurrada e um pessoa que parecia ter idade, um velho para tentar ser mais exato, saiu correndo completamente coberto por chamas dos pés à cabeça. Caiu no chão e ficou girando o corpo na areia que havia na frente da casa com o intuito de tentar apagar o fogo que lhe consumia. Nesse instante Carlos fez um gesto para Ivan e Ivan imediatamente saiu correndo para a parte de trás da casa. Pensei que ele voltaria com um balde cheio de água de alguma possível cisterna que haveria na parte de trás da casa, mas Ivan surgiu com a lata de gasolina que ele estava carregando enquanto colocava fogo na casa. Entregou-a imediatamente para Carlos quando retornou e depois ficou tossindo, enquanto ao mesmo tempo tentava apagar uma chama que chamuscava parte da bainha da sua calça. Carlos ao receber a lata correu para o corpo do velho e jogou o resto da gasolina sobre ele, mirando bem na região da cabeça, enquanto desviava das pernas do velho e das pequenas chamas que haviam se espalhado pelo chão. Quando sentiu que mais gasolina era jogada sobre o seu rosto, o velho ergueu os braços e tentou impedir o derramamento com as mãos fechadas, enquanto gritava por misericórdia com uma voz esganiçada, como se parte de sua língua e boca já não existissem mais e ele não conseguisse falar corretamente a palavra: "Bisecórdia! Bisecórdia!", gritava ele. Carlos permaneceu derramando a gasolina até a última gota e depois se afastou, jogando a lata para longe e se aproximando de Ivan, que havia conseguido apagar o fogo na sua calça e tossia pouco. O velho continuou na mesma posição, com os braços erguidos e as mãos espalmadas até que parou de se mexer e de gritar, se petrificando naquela posição, quando finalmente morreu. Enquanto isso a casa já havia perdido o telhado e no exato instante em que as paredes caíram umas sobre as outras, o fogo sobre o velho se extinguiu restando apenas uma massa negra e disforme, retorcida como um pedaço de madeira carbonizada. Carlos e Ivan ainda ficaram alguns minutos parados, contemplando sem se moverem a destruição que os cercava e eles haviam construído com perfeição. Pareciam não acreditar no que haviam feito e porque haviam feito. Na verdade, nem pareciam estar ali de fato. Pareciam fantasmas perdidos no meio de um campo de trigo.

— Coitado do velho.

Tomei um susto quando escutei a voz de Nilda. Ela não falou alto, mas foi o suficiente para que Carlos e Ivan saíssem do torpor em que estavam. Ambos se viraram na nossa direção com uma rapidez impressionante e ficaram olhando para o campo de trigo, com caras pálidas e assustadas, sem conseguir nos ver. Não estávamos muito perto, mas também não estávamos longe. Não fiz nenhum movimento para me esconder no momento em que eles se viraram porque eu sabia que não poderiam nos ver, mas Nilda fez e se agachou ao meu lado, cheia de medo. Eles chegaram a dar dois passos na direção do campo e ficaram parados mais alguns segundos com as mãos na cintura até que desistiram e retornaram por um caminho que seguia por detrás da casa e avançava por uma floresta. Retornaram lentamente e sem olhar para trás, sem medo algum em seus passos. Quando eles entraram na floresta, Nilda levantou do chão.

— Por que você se agachou?

— Porque fiquei com medo de que eles me vissem. Falei sem querer sobre o velho. Pensei alto, na verdade. Por que você não se agachou?

— Por que eu deveria?

— Sei lá... O Ivan é mais tranquilo, mas o Carlos é um cavalo de vez em quando. Não sei como eles iriam reagir caso nos vissem aqui.

Iria perguntar para Nilda, enquanto ela limpava os joelhos cheios de cascas de trigos e sorria para mim como uma criança, talvez querendo dizer com aquele sorriso para que eu esquecesse tudo que eu vira e tudo que ela havia acabado de falar, o porquê daquela morte e porque deveria temer Carlos ou Ivan, mas ela me beijou e começou a andar para o caminho que atravessava a floresta como se não tivesse visto nada ou acontecido nada, com um tipo de andar que denotava mais tranquilidade e calma do que o andar de Carlos e Ivan.

Estranhamente eu também não sentia medo quando retornei para o caminho e alcancei Nilda na estrada. Retornamos o tempo todo abraçados e em silêncio, estranhamente felizes e em paz, chutando pedras e vendo a noite e a escuridão avançar sobre as estacas, sobre o chão, sobre as árvores, sobre nossos corpos que começavam a se tornar uma massa negra e uniforme em constante movimento sobre o restante da brancura ainda visível do chão de terra da estrada. Avançamos pela cidade mal iluminada e com as casas fechadas, onde poucas pessoas andavam pelas ruas entre as sombras das esquinas, como se tivéssemos passeando de férias sem pressa alguma de retornar para o nosso quarto de hotel onde faríamos amor de novo. Chegamos ao posto de gasolina nesse estado de letargia e tranquilidade e vimos apenas Iara encostada no carro. Quando viu que estávamos abraçados entrou no carro imediatamente, batendo a porta com força. Olhei para Nilda e ela estava com uma cara de susto e medo, uma cara que ela não fez quando viu a morte do velho. Rapidamente se desvencilhou de mim e se afastou, caminhando para uma parte lateral do posto onde havia alguns bancos. Pensei em me aproximar dela, mas fiquei parado sem entender nada. Escutei passos rápidos a minha esquerda e me virei. Carlos e Ivan se aproximavam. Carlos estava fumando, coisa que não via desde o primeiro dia que nos reencontramos. Assim que me viu, ele sorriu.

— Voltei a fumar, Leno. Vício maldito... Sim, onde você estava esse tempo todo?

— Estava caminhando pela cidade.

— A Nilda estava com você?

— Estava.

— Ok. Vamos procurar um hotel para dormir. Amanhã partimos cedo para cruzarmos a fronteira antes do escurecer. Entendido?

— Sim, entendido.

Nesse instante olhei para Ivan e notei que ele me olhava com raiva. Abaixei a vista e caminhei na direção do carro. Todos entraram, incluindo a Nilda, que não vi se aproximar. Rodamos pela cidade por cerca de vinte minutos e paramos em um hotel pequeno como o anterior. Na entrada Nilda não olhou para mim e ficou no mesmo quarto que Iara, no final do corredor e longe do meu, que era o primeiro. Carlos e Ivan também dividiram um quarto.

Esperei por Nilda cerca de três horas e ela não veio até o meu quarto. Pensei em procurá-la, mas desisti. Fiquei ansioso, lembrando dela enquanto dormia na clareira até que acabei sentindo sono e dormindo profundamente sem sonhar com nada.

Acordei na manhã seguinte mais cedo que todos. Percebi que ainda estava com o rei branco do velho que jogava xadrez com o Carlos na praça, logo na primeira cidade que havíamos parado. Tirei da calça e guardei dentro da mochila. Saí do hotel e comecei a andar pela rua coberta de névoa e cerração com o intuito de esquentar o corpo, mal conseguindo enxergar o chão. Durante alguns segundos surgia uma cor entre a nuvem branca no meu lado direito ou esquerdo e percebia que era uma porta pintada de vermelho, ou uma janela pintada de amarelo. Caminhei dez minutos e achei uma praça também coberta de névoa. Sentei em um banco e fiquei respirando a cerração com cheiro de terra molhada e carvalho. Pensei que com o avançar do sol sobre o céu a névoa iria diminuir. Esperei por cerca de meia hora e ao contrário do que esperava, a névoa ficou mais forte a ponto de fazer com que o dia ficasse quase escuro como se fosse o entardecer. Olhei para a minha direita e vi o sol entre morros ou vales, não sei ao certo. O sol estava negro. Conseguia ver perfeitamente a sua forma circular. Estava completamente negro, cercado pelo tom cinza das névoas, que parecia avançar para todas as direções como se quisesse anular tudo, ou esconder algo com bastante precisão. No mesmo instante pensei que fosse Deus fazendo aquilo e ri do meu pensamento estúpido e sem sentido. A partir daquele ponto haveria muitas névoas, o sol estranhamente negro e o vento frio que me causava náuseas, cansaço e tédio. Além é claro de coisas mais terríveis e sem sentido.

Enquanto olhava para o sol morto e sem vida, um carro começou a se aproximar da praça. Devido à névoa não vi que o carro era o nosso, mas pelo barulho do motor consegui identificar. Depois de um minuto a brasa do cigarro de Carlos brilhou entre as névoas. Depois surgiu o seu corpo e o seu sorriso: estranho, frio, morto. Depois ele ergueu a mão e me chamou como se estivesse chamando o seu cachorro, como se quisesse expressar com aquele gesto que o seu cachorro deveria retornar para próximo do seu dono e fazer o que ele quisesse da melhor forma possível. Depois, como se soubesse que eu obedeceria a sua ordem sem pestanejar, e da forma mais displicente possível, me deu as costas e voltou a sumir nas névoas em direção ao carro que ainda estava ligado. E como era esperado, eu levantei sem pensar em fugir ou retroceder e caminhei em direção ao carro, sumindo nas névoas sem saber para que direção eu deveria seguir até perceber as luzes de freio do carro sinalizando a direção correta e a única possível. Entrei no banco do carona calado e não cumprimentei ninguém. Todos também ficaram calados e Carlos passou a primeira marcha. Avançamos, com o carro cortando a névoa que se derramava pelo para-brisa lentamente, densa e pesada. Cinco minutos depois saímos da cidade e avançamos pela estrada que também estava coberta por névoas e onde o cheiro de cerração era ainda mais forte. Abri mais o vidro para sentir o cheiro e fiquei respirando de olhos fechados o vento que se espalhava pelo meu rosto, chegando quente e pesada aos meus pulmões. Sem perceber acabei adormecendo como se tivesse sobre uma cama, esquecendo que estava sentado em um carro em movimento. Talvez o movimento tenha me ajudado a dormir com tanta intensidade. Enfim, não sei. Duas ou três horas depois eu acordei com o carro parado embaixo de uma árvore alta, imensa, cheia de folhas e galhos. Um pássaro negro e azul cantava fortemente bem próximo do carro. Quando me mexi, ele voou para longe. Olhei ao meu redor e não vi ninguém. Saí do carro e caminhei pelo terreno forrado de folhas circundado pelo diâmetro da árvore, ao lado de uma casa parecendo um forte com paredes altas, arames farpados, torres de vigilância e aberturas escavadas para tiros, próximas do chão. Segui ao lado do muro até me deparar com um portão de ferro. Depois do portão havia uma imensa ala de teto alto que acabava em uma sessão de cômodos ao redor de uma fonte cercada por um jardim. Havia uma pequena guarita a minha esquerda onde não parecia ter ninguém. Empurrei o portão e para minha surpresa o desloquei sem a menor dificuldade como se ele fosse feito de alumínio ou de algum material bem leve. Nem mesmo as dobradiças enferrujadas rangeram e apenas meus passos formaram eco. Alcancei o jardim com a fonte e percebi que o local era bem amplo, parecendo interminável, cheio de casas grandes e pequenas que se espalhavam por uma área de campo imensa, que terminava em uma floresta escura e fechada antes de uma cadeia de colinas. Depois da floresta parecia haver mais casas idênticas às que havia no perímetro, fincadas entre plantações nas colinas mais próximas da floresta. Tanto a paisagem como as casas pareciam estagnadas e perdidas no tempo, como se existissem há quinhentos anos ou mais, mesmo que a arquitetura e a composição das casas e do forte de entrada fossem atuais. Enfim, não sei definir exatamente o que senti ou o que penso sobre isso. Até hoje eu não sei. Resolvi caminhar até um conjunto de casas aglutinadas que havia depois da fonte. Antes de chegar ao pátio, escutei alguém cantando uma melodia bem infantil, vinda da parte detrás das casas e pensei que fosse Nilda. Retornei e contornei as casas, saindo em um pátio coberto que dava para uma área de campo cercada de árvores. Bem no centro do campo havia uma mulher calada e sentada no chão, alisando os cabelos. Mais distante algumas pessoas caminhavam entre as árvores e sumiam por entre os troncos. Pensei ter visto Iara ou uma mulher com a roupa semelhante a que Iara usava. Também pensei ter visto Carlos, mas sem ter certeza. Depois de alguns segundos todos sumiram entre as árvores. A mulher que estava no centro da área voltou a cantar. Ainda alisava o cabelo e continuava olhando para o chão. Caminhei na sua direção sem fazer barulho. Em seus braços havia muitas tatuagens, tanto na parte de dentro como nas partes de fora dos braços. No braço direito havia um coração negro, torto e mal desenhado. Parei ao seu lado e ela pareceu não me notar, continuou cantando e olhando para o chão. Notei que sobre as suas pernas havia um caminho de formigas, que passavam sobre suas pernas esticadas e paralelas como se passassem sobre dois troncos podres, e depois seguiam a sua trajetória pela grama. As suas pernas eram longas e bonitas. Também tinha olhos grandes e verdes. A sua pele era tão alva que conseguia refletir até mesmo a luz fraca do dia. Apenas o sorriso e os pés dela não eram bonitos. Continuou cantando sem me notar ou sem querer olhar para mim. Escutei um barulho entre as árvores e vi um galho grosso despencando do topo de uma árvore. Quebrou vários outros galhos durante a queda e espalhou milhares de folhas para todas as direções. Fiquei observando as folhas sendo arrastadas pelo vento e quando me virei a mulher estava em pé, colada a mim, me olhando pelas minhas costas. Tomei um susto e também me virei. Ela esbulhou seus olhos grandes e verdes e me agarrou, beijando a minha boca.

— Moço bonito.

Falou isso, alisou lentamente o meu rosto com as duas mãos e saiu correndo em direção às árvores, pulando e cantando. Fiquei sem me mexer por alguns segundos, sentindo o gosto de cinzas que a sua boca espalhou na minha língua. Assustado, cuspi no chão e me afastei da área, caminhando ao largo do conjunto de casas. Logo cheguei a outro campo e outra área vazia cercada de árvores. Escutei um barulho a minha esquerda e tenho certeza que vi Ivan correndo atrás de Nilda, como se estivessem brincando ou se divertindo, entre um conjunto de casas cercado por um bosque, distante meio quilometro de onde eu estava. Continuei observando para ver se os via novamente e eles não surgiram. Apenas as árvores se moviam, os galhos se curvavam no vento. Resolvi não me aproximar daquela área por motivos óbvios. Continuei caminhando pelo vasto campo em direção à floresta e por mais que eu andasse nunca chegava até ela. Sentia que me aproximava e a via cada vez mais perto, mas também sentia como se ela recuasse e ficasse achatada no horizonte, se distanciando de mim. As casas nesse trecho se espalhavam nos dois lados extremos do campo e também pareciam se achatar no horizonte, sem que com isso parecessem menores. Durante um momento o vento frio parou de soprar e fiquei escutando apenas a minha respiração enquanto olhava para a grama que era uniforme e igual o tempo todo sob meus pés, como se estivesse pisando no mesmo pedaço de chão ao caminhar, me dando a impressão de que estava preso naquele trecho. Escutei um barulho na minha frente e ergui a cabeça. Duas pessoas vinham na minha direção. Uma mulher morena e baixa, usando um simples biquíni azul, gargalhava e corria de um homem, alto, magro e peludo que usava apenas uma bermuda também azul. Corriam em ziguezague e se aproximavam de mim sem perceber que eu havia parado e os observava. Ela não corria por medo, ambos pareciam estar brincando ou se divertindo como um casal. O homem também ria, mas timidamente. Pareciam também não sentir frio pelas poucas roupas que usavam. Pareciam apaixonados.

— Eu não vou ler o seu livro, eu não vou ler!

— Leia, Laadi, Leia!

— Não, não!

E passaram correndo ao meu lado como se eu fosse invisível ou um fantasma. Quando o homem passou notei que ele segurava um livro pequeno de bolso que devia ter no máximo cem páginas, bem fininho. A capa e a contra capa eram brancas, e o nome do autor e o título eram pretos. Não consegui ler o nome do autor porque a sua mão esquerda cobria, mas o título eu me lembro: O Afogado.

Quando retornei, tentei achar esse livro em livrarias e sebos por cerca de três meses e nada, nenhuma referência de tal título por todos os locais que procurei. Virou até uma pequena obsessão. Talvez como uma forma de esquecer tudo que havia vivenciado e uma tentativa de retornar com força e vontade para o meu ofício, a única coisa que realmente importa na minha existência. Mas estou me estendendo e desviando da ordem dos fatos. Depois retomo esse assunto.

Ambos continuaram correndo do mesmo modo. Fiquei ainda um tempo parado os observando até eles sumirem em algum ponto próximo de onde havia visto Ivan e Nilda poucos minutos antes. Voltei para a direção da floresta, levemente intrigado com o livro que havia visto na mão do homem, e continuei andando. Depois de certo tempo, não me lembro se muito ou pouco, alcancei a borda da floresta. Quando começava a entrar nela olhei para cima e vi três pessoas correndo entre as plantações, subindo uma das colinas mais íngremes na direção de uma casa pequena pintada de branco. Um velho corria na frente, sendo seguido por um homem e uma mulher. Fiquei em dúvida alguns segundos, mas logo lembrei que roupas Carlos e Iara vestiam antes que eu dormisse dentro do carro. O velho parecia correr com facilidade entre os sulcos abertos das plantações, enquanto Carlos e Iara tropeçavam e se equilibravam um no outro para não caírem no chão. Mesmo assim todos os três pareciam estar quase paralisados como se a distância fizesse com que seus movimentos chegassem lentamente até mim. Depois de alguns minutos o velho entrou na casa. Carlos e Iara ainda estavam muito distantes, tropeçando e caindo enquanto faziam gestos e apontavam para a casa. Pensei que o velho logo apareceria com uma arma e atiraria em Carlos e Iara, ou então sairia correndo e continuaria subindo a colina, conseguindo fugir dos dois. Mas nada disso aconteceu e Carlos e Iara continuaram subindo até alcançarem a casa depois de três ou cinco minutos em que o velho havia entrado. Pararam um pouco para respirar e depois entraram sem pressa e lentamente pela mesma porta que o velho havia entrado, como se fossem visitantes ou pessoas esperadas pelo dono, como se não fossem invasores. Nesse instante escutei um grito abafado atrás de mim e me virei. Não havia ninguém, apenas as casas e o campo, o muro de entrada e a fonte, bem pequenos devido à distância. Virei para a direção da floresta e uma névoa pequena percorria a colina, escondendo a casa. Esperei alguns minutos e antes que a névoa passasse completamente, comecei a ver as primeiras chamas se espalhando pelo teto e pela parede esquerda da casa. Logo depois Carlos e Iara surgiram tropeçando nos sulcos e se segurando mutuamente para não caírem nas plantações. Enquanto observava os dois descendo, a casa aos poucos foi tomada pelo fogo e uma nuvem negra e rala subia reta e lentamente para o céu. Quando Carlos e Iara já estavam próximos da floresta a casa desmoronou e partes chamuscadas das paredes deslizaram alguns metros pela colina, chegando até o início das plantações. Em segundos a fumaça negra sumiu. Nenhum sinal do velho. Quando olhei para baixo novamente, Carlos e Iara entravam na floresta. Virei e comecei a andar rapidamente na direção da fonte. Ao contrário da minha caminhada na direção da floresta, cheguei à fonte sem demora, como se o mesmo caminho que havia percorrido tivesse encurtado. Ao chegar à fonte vi uma pessoa se movendo na entrada, depois saindo pelo portão na direção da rua. Pensei que fosse Ivan pela altura. Saí da fonte e passei pelo portão. Olhei na direção do carro e não vi ninguém. Olhei na outra direção e vi no final da rua um velho sumindo depois de uma curva. Pensei em entrar no carro e esperar pelos outros, talvez voltar a dormir. Ao invés disso comecei a andar na direção em que o velho havia sumido e logo o alcancei. Usava terno e gravata, era bem alto, maior do que Ivan. Também era mais magro do que eu como se o tempo tivesse destruído a carne do seu corpo e só tivessem restado ossos na sua estrutura. Caminhava curvado e sem presa, com as mãos nos bolsos da calça enquanto chutava pedrinhas no chão, como se retornasse para casa depois de um bom dia de trabalho, ou então passeasse sonolento depois de um almoço farto. As névoas passavam pela rua e ele por alguns segundos sumia para depois ressurgir. Após alguns minutos a rua de poucas casas acabou e começamos a caminhar pela estrada, saindo da cidade. Continuava andando do mesmo modo, levantando em alguns momentos a cabeça para ver algo nas colinas. Senti que ele havia notado a minha presença, mas não pareceu se importar que o seguisse. Caminhava sem medo e cheio de paz. Caminhava sem arrependimento, sem culpa. Caminhava do jeito que eu gostaria de caminhar.

Acompanhava entorpecido o andar do velho quando escutei um barulho forte de freio de carro nas minhas costas, seguido de um estrondo. Dei um giro para trás e vi uma fumaça negra surgindo ao redor de uma árvore, no canto esquerdo da estrada, bem próximo da cidade. Depois de alguns segundos a árvore começou a cair lentamente até sumir do meu campo de visão, enquanto a fumaça negra ficou mais densa e começou a subir com mais velocidade. Nesse instante lembrei do velho e me virei. Ele estava parado no acostamento e olhava para mim. Tinha olhos opacos, acinzentados e vazios, sob uma sobrancelha fina e branca. O rosto quase não tinha rugas, a não ser nos cantos dos olhos. Era completamente calvo na parte de cima da cabeça, mas nos lados tinha cabelo bem branco e suficientemente liso para ser bagunçado pelo vento fraco que soprava. Tinha lábios grossos, um nariz fino e delicado, orelhas pequenas. Se não fosse pela calvície e os cabelos brancos eu daria no máximo trinta anos para ele.

Observamo-nos mutuamente por vários segundos até que escutei um tiro nas minhas costas e novamente me virei, vendo Carlos correndo na minha direção com um revólver, seguido por Ivan e Iara mais atrás. Na hora pensei que seria punido por algo que havia feito de errado, ou por algo que havia deixado de fazer, mas me lembrei do velho que eu seguia e me virei, vendo apenas uma névoa rala passando pelo local em que ele estava antes que eu me virasse. Dois segundos depois Carlos passou correndo pelo meu canto esquerdo e cortou a névoa, seguindo pela estrada enquanto olhava para os dois lados onde pequenas névoas imóveis escondiam partes de pequenas plantações próximas do acostamento. Depois Ivan também passou correndo e se juntou a ele. Ambos pararam, conversaram por alguns segundos, e cada um entrou em um dos lados da estrada, passando as plantações e sumindo por trechos de árvores que havia em ambos os lados. Avançaram por entre as árvores e depois sumiram.

Após alguns segundos Iara surgiu ao meu lado, com um corte no meio da testa e bastante cansada. Parou e se inclinou, apoiando-se nos joelhos enquanto tentava respirar. Ainda inclinada e fazendo uma careta de cansaço, ela olhou para mim.

— Puta que pariu, Leno, aquele é o nosso homem. Por que você não o pegou?

— O Meio. —

0.

E a partir desse ponto, de fato, tudo começou a acontecer com a sua verdadeira intenção, com a sua verdadeira profundidade.

Uma podridão sem fim, escorrendo lentamente bem diante dos meus olhos sem que eu pudesse fazer qualquer coisa para deixar de enxergar. E quando eu não podia enxergar, eu acabava escutando algo que jamais esquecerei, mesmo que tente esquecer com todas as minhas forças ao longo desses anos.

Adoraria não estar lá, adoraria não sentir o vento frio que soprava o tempo todo.

Adoraria não ter participado de tudo como acabei participando.

Adoraria não lembrar.

Mas vamos aos fatos e nada mais. Vamos nos divertir.

1.

E depois de alguns segundos, Iara voltou a respirar normalmente. Ficamos os dois no mesmo lugar, parados, sem falar nada, olhando nas direções em que Carlos e Ivan haviam entrado e sumido. Uma névoa nos cobriu e também nos escondeu por alguns segundos. Senti-me livre nesse instante. Mas depois Iara voltou a surgir, com o rosto preocupado, ainda respirando com um pouco de dificuldade. Voltei a me sentir preso como se eu fosse dependente, como se eu tivesse um laço afetivo forte com aquelas pessoas que nem eram meus amigos de fato, apenas antigos conhecidos.

— Puta que pariu, Leno. Tudo poderia acabar aqui mesmo.

— Eu não sabia que vocês o procuravam. Eu nem sei para que direção devo dirigir, quanto mais isso.

— O Carlos ou o Ivan não te disseram nada?

— Não.

— Em momento algum?

— Não.

— Imbecis. Você já era para estar informado de tudo. Você já está até o pescoço na história, não sei porque não lhe contar quem procuramos.

— Eu estou até o pescoço nisso?

— Mas é claro, Leno. Você está com agente e tudo que fazemos você também é responsável.

— Responsável? Eu apenas dirijo o carro, Iara! Não sou responsável nem um pouco por nada de terrível que tenho presenciado nesses últimos dias.

— Deixe de drama, seu babaca, deixe de drama. Você sabe muito bem no que está envolvido, não se faça de inocente. E outra coisa, ninguém o prende aqui. Você está aqui porque quer. E talvez até esteja gostando do que está fazendo e vendo. E isso inclui as coisas terríveis.

— Não, Iara, eu não gosto. Eu não estou gostando de nada que estou fazendo ou vendo.

— E por que não parte?

— Não sei. Não sei dizer.

— Babaca.

E fez um esgar e cuspiu no chão. No mesmo instante fez uma cara de horror e pegou no meu braço.

— Meu deus, Leno, a Nilda ainda está no carro.

E começou a correr na direção da fumaça. Comecei a correr sem muita vontade atrás dela e logo vi o carro destruído embaixo de uma árvore. Sentado no chão, ao lado do carro, Nilda alisava a testa e olhava para uma ferida no joelho. Iara assim que chegou se agachou e abraçou Nilda, que começou a chorar e também abraçou a irmã. Ambas ficaram abraçadas, chorando. Caminhava na direção delas sem pressa quando escutei três tiros em sequência nas minhas costas. Olhei para trás e vi Ivan correndo no meio da pista, seguido por Carlos que parecia mancar de uma perna. Ivan parou ao meu lado e ficou olhando com raiva para Iara e Nilda, enquanto gotas grossas de suor escorriam do seu rosto e toda a sua cabeça estava recoberta por vapor. Logo depois Carlos chegou arquejando, cansado.

— Perdemos o carro? Alguém testou o carro?

Ninguém respondeu. Ele perguntou novamente e Iara se virou para ele dizendo que a Nilda estava bem. Nilda se desvencilhou de Iara e ficou olhando para Carlos como uma criança assustada. Enxugou o nariz e começou a fungar.

— Imbecil. Perdemos o carro pela estupidez dessa imbecil.

— O que aconteceu com o carro poderia acontecer com qualquer um dirigindo, Carlos.

Com um giro rápido de braço Carlos deu uma coronhada no rosto de Ivan, que caiu com as pernas recolhidas perto de Nilda e Iara. Iara logo o abraçou e o puxou para perto de si, olhando furiosa para Carlos que chegou a erguer a perna para chutar Ivan, mas desistiu. Ivan começou a gemer baixinho com a cabeça virada para baixo e gotas grossas de sangue começaram a cair no chão. Dei dois passos para trás e fiquei olhando para Carlos, que ainda respirava com dificuldade. Ele percebeu que o observava e também me encarou. E para a minha surpresa ele abaixou a cabeça e me deu as costas como se tivesse ficado com vergonha da minha presença. Permaneceu de costas para mim e abriu com raiva e pressa o tambor do revólver, retirando os cartuchos deflagrados e pegando novas balas que estavam no bolso do seu casaco. Alguns cartuchos rolaram pelo chão e chegaram até mim. Pisei em um deles e senti o anel de metal se dobrar sob a sola do meu sapato como se fosse a coisa mais frágil do mundo. Estranhamente me senti forte. Estranhamente me senti invencível. Ao erguer o rosto vi Carlos pegando a sua mala dentro do carro e depois partir na direção da cidade. Acompanhei seus passos rápidos até ele sumir dentro de uma névoa. Resolvi também pegar a minha mala e contornei o resto do grupo que estava aos meus pés, sem nem mesmo abaixar a cabeça para ver se Ivan ainda gemia, para ver se Iara e Nilda ainda choravam.

Os bancos e o painel do carro estavam destruídos. O volante havia parado perto do bagageiro, sobre o banco de trás. Forcei a porta do bagageiro e peguei a minha mala. Comecei a caminhar na direção da cidade. Não pretendia encontrar ou seguir Carlos, apenas não queria ficar perto do carro destruído. Também sabia que de uma forma ou de outra eu os encontraria, ou seria encontrado por eles, então não me importei de seguir caminhando.

Por um instante o vento frio parou de soprar e logo depois uma chuva muito forte fez com que eu ficasse embaixo de uma estrutura de aço de uma casa em construção. Já estava dentro da cidade, em alguma rua que não me lembro de ter passado enquanto seguia o velho. Fiquei observando a água da chuva sendo empurrada de um lado para o outro pelo vento, as poças se formando pelo chão, as casas no outro lado da rua, ocultas nos fundos dos terrenos depois de muros altos com portões gradeados. Pensei como seria bom viver em uma daquelas casas e somente ver aquelas poças se formando no chão ao longo de todo o ano, a chuva sendo empurrada pelo vento. Ria desse pensamento quando escutei um barulho à minha esquerda. No meio da quase escuridão o farol alto de um carro iluminava a chuva e as minhas pernas. Logo percebi pela lentidão com que o carro passava sobre as poças que o Carlos dirigia. Quando a luz do farol atingiu o meu rosto, o carro seguiu ainda um pouco e parou ao meu lado. A porta do carona se abriu. Dentro da escuridão do carro eu vi apenas um braço se estender e me chamar com um gesto de mão conhecido. Um gesto de ordem. Atravessei a chuva correndo, afundei meus sapatos em uma poça e entrei no carro. Logo senti os cheiros do cigarro, dos perfumes e de sangue que já estava acostumado. Eles apenas pareciam mais fortes e mais intensos. O carro começou a se movimentar e eu fiquei olhando apenas para frente, vendo a água da chuva deslizando pelo para-brisa, as árvores balançando no vento, as cores esmaecidas das casas.

2.

Circulamos lentamente pela cidade por cerca de três horas ou quatro e saímos no pôr do sol. Avançamos pela estrada e pela chuva cada vez mais forte. Depois de dez minutos paramos o carro devido à falta de visibilidade. A chuva formava uma massa escura dentro da noite. Uma escuridão dentro de outra escuridão. Trovoadas e raios, rios de água e lama avançavam pelo asfalto e depois sumiam sob o carro. Paramos embaixo de uma árvore e Nilda começou a contar quantos raios caíam em um vale bem na nossa frente. Depois de contar quarenta ela se perdeu na contagem e começou a se irritar porque não conseguia acompanhar quantos caíam. Depois de alguns segundos ela desistiu e começou a chorar baixinho. Escutei alguém dizer carinhosamente, como se estivesse falando no ouvido dela, para que parasse de chorar e se acalmasse. A voz parecia com a de Iara, mas as palavras e o tom eram de Ivan. Enfim, não olhei para o banco de trás e não sei quem conversava com ela. Continuei vendo os raios se multiplicando e atingindo árvores altas com troncos grossos, partindo-as ao meio ou em mais de dois pedaços. Logo depois do barulho dos troncos caindo ao solo as trovoadas surgiam e se expandiam por cerca de trinta segundos em um rugido crescente, fazendo com que os vidros das portas balançassem e quase se soltassem quando o som finalmente alcançava o carro. Nilda nesse instante voltava a chorar baixinho e era afagada. Depois de alguns segundos, ficava calma novamente. Percebi que Carlos não se movia ao meu lado. Na verdade, parecia que havia até parado de respirar, a parte do para-brisa na sua frente não estava embaçada como a minha. Olhei rapidamente para esquerda e ele estava completamente imóvel, com os olhos sem piscar, observando os raios que caíam. As luzes dos raios brilhavam nos seus olhos e iluminavam o seu rosto sem expressão. Nem mesmo cansaço ou sono. Nem mesmo alegria pelo espetáculo. Voltei a olhar para frente e esqueci de tudo e de todos. Os raios brilhavam e eu sorria de alegria, respirava com dificuldade e alisava as minhas mãos.

Por algum motivo os raios começaram a cair na parte mais em cima do vale, chegando bem próximo do carro. O brilho ficou mais forte e meus olhos começaram a arder e lacrimejar devido à intensidade da luz. Nesse instante eu vi o que eu não gostaria de ver naquele momento e nem em momento algum. Sobre o painel e se estendendo até a parte de baixo do para-brisa no meu lado, havia uma mancha de sangue que não havia notado quando entrei no carro. Olhei para baixo e vi por entre as minhas pernas, espalhadas pelo assento do banco, mais manchas de sangue. Passei o dedo pelo estofamento e percebi que o sangue estava seco. Com a cabeça ainda abaixada olhei para o banco do motorista e também vi sangue entre as pernas de Carlos. Pelo volante e pelo câmbio havia gotas grossas e escuras, também secas. Senti nojo e medo. Toda a alegria que sentia ao presenciar o espetáculo dos raios se esvaiu e fiquei paralisado, temendo chamar a atenção para mim.

Não sei se foi o Ivan ou outra pessoa atrás que falou que devíamos sair do local em que estávamos devido à proximidade dos raios. Percebi um braço estendido ao lado do meu rosto, entre os dois bancos da frente, e um dedo apontando para raios que caíam cada vez mais perto. Carlos ligou o carro e saímos de ré até chegarmos à pista. A chuva havia diminuído e o rio de água e lama havia se espalhado pelos cantos da estrada. Avançamos em silêncio e calados até chegarmos a uma cidade pequena. Paramos em um hotel e fiquei mexendo na minha mochila com a desculpa de que algo havia caído e eu não conseguia encontrar. Todos entraram no hotel e sumiram na luz esmaecida da entrada.

Abri a porta-luvas e logo achei uma carteira de couro marrom também recoberta de sangue. Abri e entre alguns papéis soltos com endereços e telefones, além de cupons vencidos de um mercado, achei uma carteira de motorista do *******. Era de uma mulher com olhos claros, cabelo liso e preto na altura dos ombros. Não me lembro o nome dela. Talvez, Camila. Procurei pelo resto da carteira e achei atrás da porta-moedas uma foto da mesma mulher abraçada com uma menina e um cachorro grande, branco e peludo. A menina parecia gritar e a mulher sorria enquanto o cachorro parecia querer morder o cabelo dela. Havia árvores distantes e um campo gramado atrás deles. Por toda a foto havia a claridade do sol, uma luz quase branca, que se espalhava pelo corpo da mulher e da criança, pelo cachorro, pelos troncos das árvores e pela grama como uma mancha pesada que brilhava sem cessar, formando pontos luminosos espalhados ao longo da foto como se fossem estrelas.

Por algum motivo meus olhos se encheram de lágrimas e minhas mãos começaram a tremer enquanto alisava as bordas da foto. Todo o seu diâmetro cabia na palma da minha mão de tão pequena. Escutei um barulho no meu lado direito e vi uma sombra se movendo na entrada do hotel. Fiquei observando por um tempo, mas não consegui ver nada devido à chuva forte que começou a cair sobre o vidro do carro. Linhas grossas de água escorreram por minutos enquanto o carro balançava sob o vento.

Guardei a foto na minha mochila, junto com a peça de xadrez. Fiquei observando a chuva no para brisa. Coloquei a carteira dentro da porta luva.

Depois de quinze minutos a chuva parou e eu saí do carro. Abri a porta de trás e procurei coisas nos bancos e pelo chão. Nada. Somente uma presilha para cabelo de Nilda perdida sobre o tapete.

Abri com dificuldade o bagageiro e vi roupas de crianças cobertas de sangue com restos de pelos brancos que com certeza pertenciam a algum cachorro de porte médio à grande. Minhas mãos começaram a tremer. Bati a porta do bagageiro e entrei no hotel antes que uma nova chuva forte me alcançasse.

Não havia ninguém na entrada. Observei manchas de sapatos pelo chão que levavam até uma porta entreaberta logo no início do corredor, ao lado de uma escada em espiral que levava ao segundo andar. Segui as pegadas e empurrei um pouco a porta. Em um canto Ivan dormia com as suas pernas saindo da cama e no outro lado do quarto havia uma cama vazia. Entrei devagar, empurrei a porta e caminhei no escuro até chegar à borda da cama. Inclinei meu corpo e me sentei, quase caindo. Tirei meus sapatos e me deitei. Abracei a mochila com toda a força que havia em meus braços e fechei os olhos. Depois de alguns minutos me inclinei para o lado da parede, ainda abraçando a mochila e comecei a sonhar com estrelas brilhando entre árvores, cães brancos sobre gramados verdes, crianças de cabelos negros gritando de felicidade. Abri os olhos duas horas depois e me assustei com a parede tão perto do meu rosto. Afastei-me um pouco e abracei novamente a mochila. Voltei a dormir.

3.

Na manhã seguinte, saindo da cidade, batemos o carro em uma árvore. Parecia a repetição do dia anterior. O carro bateu da mesma forma, os bancos e o volante pararam no mesmo lugar, a única pessoa que se feriu foi a Nilda. Quem ainda dirigia era Carlos. Pela manhã aleguei sono e não peguei no volante. Carlos percebeu a minha mentira, mas não disse nada por algum motivo que não sei explicar. Talvez tenha percebido que eu sabia como ele havia conseguido o carro? Não sei. E na hora que ele começou a dirigir eu nem pensei nisso. Simplesmente me sentei no banco do carona e fechei os olhos para não ver o dia escuro e a chuva forte que batia nos vidros e respingava para dentro do carro. Minutos depois escutei a freada, senti meu corpo se projetar para frente e para o lado esquerdo, meus joelhos baterem no porta-luvas. Quando abri os olhos, vi depois do vidro embaçado do para-brisa as veias escuras do tronco e as folhas molhadas da árvore que caiam rápidas sobre o capô, fazendo um barulho como se fossem pedrinhas de areia. Depois disso o choro e os gritos surgiram abafados, junto com o cheiro de óleo misturado com gasolina. Sem pensar em nada e ninguém saí do carro e fiquei no meio da estrada, olhando o estrago.

Depois todos saíram lentamente e se espalharam ao redor da árvore.

Assim que Iara se sentou no chão notei que ela olhava para Carlos e ria. Carlos percebeu o riso dela e deu as costas, enquanto olhava para o braço que ele fingia estar machucado. Iara continuou rindo e olhando para ele enquanto Nilda se aproximou chorando e mostrou o braço que sangrava a ela. Iara a abraçou e continuou encarando Carlos, agora sem rir.

Ivan ficou mexendo no motor por alguns segundos e depois começou a chutar os pneus. Carlos deu um grito e ele parou. Depois ele forçou o bagageiro e começou a retirar todas as mochilas e sacolas do carro, colocando tudo perto de Nilda e Iara. Nesse instante eu me aproximei lentamente e sentei ao lado dos três, cobrindo a cabeça com o casaco e recolhendo as pernas para me proteger da chuva.

Ficamos parados e em total silêncio por cerca de vinte minutos. A chuva diminuiu um pouco, mas continuou forte. Ao nosso redor não havia nada além de mato, cercas e plantações encharcadas. Riachos espalhavam terra e raízes pela pista.

Quando a chuva voltou a engrossar escutei o barulho de um carro. Olhei para a minha esquerda e no final da estrada, depois de uma curva, um carro cinza se aproximava lentamente, quase parando e sumindo por alguns segundos devido ao fluxo de água da chuva mais intensa em alguns pontos.

Imediatamente Carlos levantou e engatilhou o revólver.

Sabia o que iria acontecer e logo imaginei uma mulher assustada, uma criança gritando e um cachorro branco e peludo recoberto de sangue. Fechei os olhos e abracei minhas pernas.

Escutei os passos de Carlos sobre a água, a freada do carro e em seguida três disparos rápidos e secos. Depois escutei uma porta ser aberta, o gemido de esforço seguido pelo baque de um corpo no chão e uma porta ser fechada. Senti que Iara e Nilda se mexiam ao meu redor, senti os passos pesados de Ivan bem próximo a mim.

Abri os olhos. Todos os quatro entravam no carro. Ivan e Iara retiravam coisas do banco de trás e jogavam na estrada. Olhei pela parte debaixo do carro e vi um homem que ainda se mexia e se contorcia entre os pneus. Parecia um homem velho e magro. Carlos sentado no assento do motorista ajeitava o espelho retrovisor interno e mexia em algo no painel que não consegui enxergar. Iara, Nilda e Ivan sentaram no banco de trás. Carlos olhou para trás como se procurasse por mim. Quando ainda me viu do lado de fora, estendeu o braço e ficou com uma expressão no rosto como se estivesse perguntando o motivo por eu estar parado embaixo da árvore, tomando chuva, sem me mexer para entrar no carro, atrasando a saída.

Caminhei lentamente e com esforço como se as minhas pernas estivessem dormentes e entrei no carro. Carlos ficou olhando para mim com uma expressão de enfado e cansaço, mas não falou nada. Depois se apoiou no volante e ficou olhando para a estrada e para a chuva.

— Para que lado eu sigo?

Ninguém respondeu. A chuva ficou mais forte e fazia um barulho forte na lataria do carro.

— Para que lado eu sigo?

Ninguém respondeu. Observei o porta-luvas manchado de sangue, o buraco de bala no canto esquerdo do para-brisa, pedacinhos de vidro espalhados sob o velocímetro.

Carlos suspirou e girou o volante sem pressa. Depois acelerou, jogando a frente do carro para a lateral da pista com a intenção de dar a volta e retornar. O carro deu um solavanco e um grito forte surgiu embaixo de nós. Lembramos que o velho estava entre os pneus. O Carlos arregalou os olhos e pareceu sorrir, mas continuou manobrando o carro e novamente escutamos o grito seguido pelo solavanco de subida e descida durante a ré.

Ninguém falou nada. Seguimos pela estrada em silêncio, com o carro impedindo que sentíssemos a oscilação do asfalto e possíveis buracos grandes. O carro novo era melhor. Depois de uma hora eu comecei a dormir com a cabeça apoiada na porta.

4.

Quando acordei vi somente a escuridão. Até pensei que ainda estava com os olhos fechados. E logo nos primeiros segundos acordado eu cheguei à conclusão sobre várias coisas que estavam na minha cara e não consegui perceber por displicência, por preguiça e por burrice. Estupidez.

Ao contrário do que Carlos disse antes do início da viagem, não havia dinheiro algum. Por isso o roubo dos carros. Talvez um pouco antes de encontrarmos o velho perto da fronteira o dinheiro já havia acabado. Ou seja, antes do início da viagem o dinheiro já era pouco e escasso.

Até pensei que eles procurassem os seus respectivos pais por esse motivo: a falta de dinheiro. Mas não era esse o motivo, óbvio. O motivo continuava o mesmo e sobre isso o Carlos não mentiu para mim.

Verdades e mentiras. Não fiquei irritado. Na verdade, não senti nada.

Ajeitei meu corpo no banco e olhei com mais atenção para o lado de fora. Dentro da escuridão havia luzes não muito distantes suspensas no ar. Saí do carro e vi que as luzes eram de uma casa pequena, que parecia um hotel, um bar ou um pequeno mercado. Ao redor do estabelecimento não havia nada. Olhei para trás e para frente ao longo da estrada e vi somente a escuridão. Poucas estrelas distantes brilhavam no céu sem lua e nuvens. Comecei a caminhar lentamente pelo chão de areia na direção das luzes suspensas.

O local era um bar. Na metade do caminho vi as cadeiras, os copos sobre as mesas e as pessoas imóveis ou fazendo gestos comedidos embaixo de uma luz tão forte que parecia um refletor de estádio. Na parte da frente havia quatro portas estreitas e altas. Assim que entrei, enxerguei os quatro sentados no lado esquerdo do bar, quase no centro. Todos estavam de costas para mim, exceto Iara que assim que me viu apontou e gesticulou para Carlos. Ele se virou e me olhou com raiva como se não desejasse que eu estivesse ali. Fiquei alguns segundos parado olhando para eles até o Ivan se virar e me chamar com um gesto de braço e um sorriso estranho no rosto.

Pelo bar não havia muitas pessoas. Entre as mesas e as cadeiras havia um bom espaço. E ao contrário do que se via pela parte externa pequena e estreita, o bar era grande e comprido, se estendendo cerca de vinte metros até alcançar uma área no fundo, onde parecia haver uma espécie de cortina ou pano, que formava uma divisória com o resto do bar. Homens abraçados com mulheres atravessavam a cortina azul e não retornavam. Algumas pessoas fumavam e formavam pontos que deixavam a luz embaçada. Sentei em uma cadeira ao lado de Ivan e não olhei para ninguém. Alguém me empurrou um copo com cerveja cheia de espuma. Bebi alguns goles e levantei a cabeça.

Iara discutia com Nilda, colocava o dedo no seu rosto enquanto ela balançava a cabeça e falava que não iria fazer. Iara se calava por um tempo e ficava encarando Nilda. Depois de alguns segundos, voltava a falar com o dedo no seu rosto enquanto ela novamente negava. Após dez minutos Nilda começou a chorar. Carlos olhava cheio de enfado para as duas enquanto alisava o rosto. Ivan olhava para elas e depois para mim durante alguns segundos. Novamente parecia sorrir enquanto me olhava. Eu continuava bebendo e fingindo que nada via, muito menos que Ivan me observava. Levantava a cabeça e ficava olhando para a parte dos fundos ou para o meu copo. Não consegui entender o que Iara tentava impor a Nilda. A única coisa que consegui perceber foi a imposição.

Minha cerveja acabou e Ivan encheu novamente o meu copo com gestos lentos e servis. Agradeci e fingi que apenas um copo havia me deixado meio bêbado. Sorri de forma estúpida e simulei tontura balançando a cabeça enquanto pegava novamente o copo que ele havia enchido. Ele acreditou e também sorriu para mim. Dei dois goles grandes e fiquei olhando novamente para os fundos.

Na metade do meu segundo copo, Nilda se levantou da mesa lentamente enquanto enxugava os olhos e todo o seu corpo parecia tremer. Iara olhava para ela acompanhando cada movimento. Sem pressa, Nilda caminhou até o fundo do bar, esbarrando em algumas cadeiras e se sentou em uma mesa onde havia um velho que devia ter entre sessenta a sessenta e cinco anos. Assim que ela se sentou ele sorriu e se inclinou um pouco para o lado, olhando na nossa direção. Carlos ergueu o braço e fez um aceno de cumprimento e consentimento com os dedos esticados. Iara olhou com severidade para Carlos e depois olhou com frieza para mim. Abaixei a cabeça e terminei de beber o meu copo.

Depois de alguns minutos o velho levantou, contornou a mesa e puxou a cadeira de forma gentil para Nilda. Pegou no braço dela e a conduziu na sua frente. Passaram por algumas mesas e chegaram a divisória de pano. Nilda relutou por alguns segundos em entrar enquanto ele a empurrava pela sua cintura de forma bem tênue e parecia lhe dizer algo com o rosto bem colado ao seu. Com um gesto de raiva ele se virou na nossa direção e ficou procurando a nossa mesa. No mesmo instante Carlos levantou e ficou olhando para ele. Antes que ele nos encontrasse a Nilda entrou de forma abrupta no espaço, empurrando a cortina e fazendo com que o velho tomasse um susto e nos esquecesse, se voltando para ela e a seguindo.

Carlos voltou a se sentar na mesa. Iara ficou olhando para Carlos e Ivan, enquanto bebia a sua cerveja sem largar o seu copo. Ivan ficou olhando para uma mesa que havia atrás de Iara. Nela havia três homens vestidos de terno e gravata que cochichavam e riam. Pareciam irmãos gêmeos devido à semelhança física. Olhei novamente para Ivan e ele observava os três homens com raiva, com as mãos fechadas e os braços cruzados sobre a mesa. Olhei para os fundos e outro casal formado por um velho e uma mulher bem mais nova passava a cortina. A mulher usava um vestido curto e estava bem maquiada. O velho parecia estar tonto e cambaleante.

Terminei o meu copo de cerveja e senti um pouco de sono. Apoie-me na mesa e fiquei olhando sem muito interesse para tudo que havia no bar, inclusive a iluminação que cegava meus olhos toda vez que cruzava com as lâmpadas suspensas no teto escuro como se fossem estrelas bem próximas.

Talvez pelo cansaço eu apoie a cabeça sobre os braços e acabei dormindo profundamente. Cheguei até a sonhar com o nosso carro cruzando o deserto e acabando no mar. Na parte de trás um velho gemia de dor entre Ivan e Carlos. Não sei quanto tempo dormi exatamente. Ivan empurrou o meu braço e me acordou. Levantei da cadeira e vi que havia somente ele ao meu lado. Estava com uma expressão de raiva e mandou que eu me apressasse enquanto começava a andar por entre as mesas. Virei na direção da entrada e vi o Carlos saindo. Pelo bar não havia quase mais ninguém, a não ser algumas pessoas que fumavam perto do fundo. Os três homens de terno também não estavam mais no bar.

Na parte de fora vi a silhueta dos quatro avançando na escuridão. Nilda e Iara caminhavam na frente, o Carlos estava um pouco atrás e o Ivan mais próximo a mim. Depois consegui ver o contorno do carro enquanto todos abriam as portas e entravam. Ao contrário do que eu pensava, Carlos sentou no banco do carona. Não falei nada e sentei no lugar do motorista. Estranhei a altura do volante, a dureza do banco e a distância dos pedais, mas mesmo assim liguei o carro e comecei a dirigir. E como havia percebido anteriormente, o carro era de fato melhor.

Perdido no prazer de passar as marchas e sentir de que forma o vento chegava até o meu rosto enquanto o carro deslizava pela estrada, não percebi que a Nilda chorava baixinho. Olhei pelo espelho retrovisor interno e a vi com a cabeça apoiada no ombro de Iara, que alisava seu cabelo de forma nervosa e muito rápida. Tentei ver o seu rosto, mas vi apenas a sua mão muito branca na escuridão, subindo e descendo pela cabeça de Nilda, repartindo e dividindo as mechas de seu cabelo.

Voltei a me concentrar na estrada. E pela primeira vez eu senti prazer em ficar dez minutos sem piscar os olhos em um trecho longo e totalmente reto da estrada, assim como de passar as curvas e reduzir as marchas no momento certo. Pela primeira vez me senti como um piloto profissional e senti prazer pelo meu falso ofício. Uma estranha felicidade que durou poucos minutos, porque de um simples choro a Nilda começou a berrar e a gritar. Depois começou a esmurrar os bancos que estavam na sua frente. Falei que dessa forma não iria conseguir dirigir e o Carlos no mesmo instante se virou para trás e deu um grito. A Nilda parou de chorar alguns segundos e depois voltou a berrar, chutando o meu banco com mais força e mandando que parasse o carro. Parei o carro no acostamento enquanto o Carlos gritava para que eu continuasse. Assim que o carro parou a Nilda empurrou Iara, abriu a porta e começou a correr na direção de um descampado. Acompanhei sua corrida até seu corpo sumir dentro da escuridão. Depois Iara, Ivan e Carlos também sumiram.

Fiquei imóvel escutando o barulho do motor. Desliguei o carro e fiquei escutando apenas o barulho da minha respiração. Nem muito distante e, nem tão perto, comecei a escutar gritos, choros e vozes. Depois choros, vozes e gritos mais baixos. Novamente gritos, vozes, choros, vozes e o barulho bem forte de um tiro, o que fez com que eu desse um pulo no banco como se o disparo tivesse acontecido dentro do carro. Depois escutei apenas a minha respiração ofegante e assustada por cerca de três minutos. Lentamente, os quatro retornaram pelo descampado e suas silhuetas foram se formando enquanto comecei a escutar seus passos. Ivan carregava Nilda pelos braços e Iara parecia discutir com Carlos que não falava nada e apenas olhava para o chão, trocando o revólver de uma mão para a outra durante várias vezes.

Voltei a ligar o motor do carro e fiquei olhando para a estrada iluminada pelo farol alto. Todos entraram e sentaram nos mesmos lugares de antes. Voltei a dirigir enquanto sentia o cheiro de pólvora que se desprendia do revólver de Carlos e Nilda voltava a chorar sobre o ombro de Iara, que alisava o seu cabelo com mais força e rapidez, subindo e descendo, repartindo e dividindo as mechas de cabelo. Ivan não se mexia dentro da escuridão.

5.

O dia começou a surgir nublado e sem luz enquanto o vento frio soprava. Apaguei os faróis do carro. Nilda e Iara conseguiram dormir. Ivan estava acordado e olhava para fora. Carlos olhava para o mapa sobre o seu colo e pediu para eu dirigir mais devagar quando chegamos à outra cidade com ruas, casas e tamanho igual às anteriores. Nada mudava.

Circulava pelas ruas e dava voltas lentamente sobre a mesma praça até cansar e voltar a seguir por outras ruas. Carlos olhava o mapa e pedia para que eu não andasse tão rápido. Diminuía a marcha e deixava o carro deslizar automaticamente.

Depois de certo tempo Ivan também começou a dormir.

Devido ao prazer de dirigir o carro eu perdi o sono.

Pensei em perguntar para Carlos quando pararíamos em um hotel, mas fiquei calado.

Uma hora depois de circularmos pela cidade, Carlos mandou que eu parasse ao lado de um parque infantil.

Ficou alguns segundos em silêncio, olhando através da janela algumas lojas comerciais que havia depois do parque, em uma rua tranquila com árvores baixas formando sombras na calçada. As lojas começavam a abrir e os comerciantes surgiam na entrada com vassouras e pás. Um acenava para o outro e conversavam entre risos.

Depois que um carro passou em frente às lojas, Carlos saiu do carro sem falar nada. Olhei para trás para ver se alguém havia acordado. Iara estava escorada em Nilda e Ivan estava escorado em Iara. Todos dormiam e Ivan chegava a roncar baixinho.

Voltei a olhar na direção das lojas e vi Carlos sumindo depois de entrar em uma delas. Uma moto passou pela rua. Um pássaro verde pousou em um balanço do parque e cantou por vários segundos. Depois começou a limpar as asas com o bico. Outro pássaro da mesma cor surgiu ao lado dele e ambos ficaram pulando e batendo as asas enquanto se bicavam. Pareciam namorar. Um pulou sobre o outro e depois os dois voaram na mesma direção, desaparecendo depois das casas.

Bocejei e finalmente havia sentido sono depois de horas acordado. Cheguei a fechar os olhos e a me inclinar sobre o volante quando os disparos surgiram. O primeiro bem abafado e depois dois seguidos. Os barulhos dos tiros vinham da loja em que Carlos havia entrado. Alguns segundos se passaram até que novos tiros surgiram e alguém começou a gritar de dor. Tomei um susto e vi Carlos saindo da loja correndo, enquanto um homem atrás dele atirava na sua direção com uma pistola. Liguei o carro, passei a primeira marcha e esperei ele chegar até a porta para acelerar. Ele entrou e quase caiu sobre mim. Arranquei com a porta dele ainda aberta enquanto o homem atirava. Antes de passar uma curva escutei o barulho de uma bala atingir a lataria ou o para-choque do carro.

Todos acordaram e começaram a perguntar o que havia acontecido.

— Tentei assaltar uma loja.

Olhei para o lado e vi Carlos assustado. O seu rosto estava coberto de suor e seus olhos arregalados, cheio de medo.

— O que você fez?

— Tentei assaltar uma loja e não consegui. O cara estava armado. Não levei nada.

— Hahahahahaha...

Olhei pelo retrovisor e Iara se contorcia de tanto gargalhar enquanto abraçava Nilda que apenas ria. Ivan também parecia querer rir, mas ficou calado com um sorriso no rosto, o mesmo sorriso que ele fazia questão de mostrar para mim no bar.

— Você é estúpido, Carlos! Podia ter morrido nessa brincadeira, sabia?

— Eu sei Iara, eu sei.

— Pare com essa babaquice. Você não nasceu para ser ladrão.

E todos no carro riram automaticamente, inclusive eu. Olhei pelo espelho retrovisor e todos os três sorriam. Olhei para Carlos e ele também estava sorrindo.

— Você podia ter se machucado, primo. Não faça mais isso.

— Eu sei Nilda, eu sei. Mas fiz isso por causa do dinheiro. Estamos sem dinheiro, esqueceu?

— Podemos arranjar dinheiro de outra forma, Carlos. Não precisamos assaltar ninguém. Eu posso lutar boxe e você pode jogar partidas de xadrez.

— Nilda pode dar a buceta.

Todos gargalharam com o que Iara falou, inclusive eu. Saímos da cidade e seguimos pela estrada. Uma chuva forte surgiu no lado esquerdo da pista, uma muralha de água avançava na direção do carro por uma plantação de trigo quebrando as hastes e formando nuvens sujas de vapor, palhas e terra escura. Acelerei o carro e passei a quinta marcha. Pequenas gotas escuras chegaram até os vidros e torrões de terra bateram na lateral esquerda do carro. Todos fizeram silêncio.

— Sim, claro que sim Iara, a buceta de Nilda poderá ser usada. Mas você também tem uma buceta entre as pernas.

— Ora essa, Ivan, minha buceta não é gostosa como a de Nilda, e você sabe disso.

Todos riram.

— O máximo que posso fazer é agenciar a donzela. O resto é com vocês.

— Eu gosto tanto de ti, minha irmã.

— Eu também minha irmã, eu também.

Olhei pelo espelho retrovisor. Iara e Nilda se abraçavam e se alisavam. Outra chuva mais distante era empurrada pelo vento na direção de um vale estreito e curto coberto por árvores e matos. A muralha de água se dissipou entre os dois paredões do vale e caiu sobre o topo das árvores, fazendo com que elas se curvassem e balançassem.

— Então, estamos combinados. Nada mais de assalto. Certo?

— Certo.

— Certo.

— Certo.

Eu não respondi nada. Pensei que alguém iria fazer a mesma pergunta para mim. Ninguém o fez.

Acelerei o carro e segurei o volante com força.

6.

Chegamos finalmente em **********, capital do *******.

Seguimos pela pista que margeava as praias e vimos o pôr do sol em um cais onde um farol pequeno e abandonado servia para pessoas namorarem. Ficamos rindo e escutando os gemidos que o vento trazia. O mar escuro quebrava sobre a murada e o cheiro de maresia podre nos envolvia. O vento frio soprava fraco. Uma chuva fez com que entrássemos no carro e partíssemos antes do que desejávamos.

Avançamos pela cidade cheia de ruas arborizadas. O vento trazia um cheiro de terra molhada e sereno. Os postes espaçados formavam uma iluminação fraca. Dentro das casas fechadas, uma luz baça surgia depois dos vidros das janelas. Carros surgiam e iluminavam as esquinas desertas e escuras com faróis baixos. Pequenos mercados, lojas de roupas e borracharias fechavam enquanto bares começavam a acender as luzes e grupos de três ou quatro pessoas conversavam sem barulho e entre risos pelas mesas. Praças pequenas e vazias, praças grandes e vazias.

Chegamos ao centro da cidade onde prédios se alinhavam aglutinados por quase quinhentos metros ou mais. Prédios iguais com apartamentos de varandas e janelas iguais. As luzes dos apartamentos começavam a acender. Cheiros de cigarros e maresia misturados. Gritos distantes. Torcedores que saiam de um estádio de futebol, com camisas listradas em amarelo e preto, comemoravam um título e gritavam, girando bandeiras. Antes que eles nos alcançassem eu dei ré e segui por uma rua lateral.

Carlos pediu que eu voltasse para a orla e seguíssemos pela avenida que corta todas as praias. Avançamos pela avenida reta que mais parecia ser um círculo eterno com a paisagem que nunca mudava. A praia e a calçada a nossa direita com a sua murada sempre igual; as ruas, os prédios e as casas a nossa esquerda do mesmo formato; os carros que vinham na direção contrária da mesma cor e do mesmo tipo. Parecia que nem mesmo o tempo mudava. Víamos as mesmas estrelas paralisadas no céu sem nenhum sinal da lua enquanto a maresia densa era carregada pelo vento e grudava no para-brisa. Joguei água e acionei o limpador. Passamos por outro farol apagado e quase destruído. O barulho do mar na murada anulou os possíveis gemidos que existiria.

Chegamos ao fim da avenida que margeava a orla. Carlos mandou que eu parasse. Parei o carro e fiquei escutando o barulho do mar, enquanto Carlos olhava para um mapa pequeno e cheio de rabiscos. A maresia avançava na escuridão. Olhei pelo espelho retrovisor. Nilda e Iara conversavam entre risos, com os rostos bem próximos. Tentei escutar o que falavam e não consegui, o barulho do mar cobria o som das suas vozes. Ivan olhava para fora sem nenhuma expressão no rosto.

— Veja bem, Leno. Vamos ter que passar por todas essas ruas até chegarmos nesse galpão. Fica no subúrbio, então temos que prestar atenção para não errar o caminho. Temos que estar lá às dez horas em ponto. Você consegue?

Olhei o meu relógio. Faltavam vinte minutos para dez.

— Acho que consigo. Mas por que essa hora marcada?

— Você vai ver.

Ele colocou o mapa sobre o meu colo e pediu que eu prestasse atenção nas linhas vermelhas. Mostrou o ponto em que estávamos e deslizou o dedo pela linha vermelha até o ponto em que devíamos chegar.

Saímos da orla e voltamos para dentro da cidade. Pelas ruas havia menos pessoas e carros circulando. As luzes nos apartamentos e nas casas estavam quase todas apagadas. Pelos bares, pessoas dormiam escoradas sobre as mesas e balcões, o cheiro de urina e cigarro invadia o carro quando passávamos diante das entradas. Carlos pedia a minha atenção e mostrava a rua que devíamos entrar com o mapa estendido no painel. Passava os sinais vermelhos e jogava o carro sobre o meio fio das esquinas enquanto fazia a curva, o pneu cantava quando freava ou voltava a acelerar, pisava na embreagem e no acelerador, observava com atenção o mapa e a rua correta para entrar, o motor roncava e sentia uma estranha alegria quando girava o volante e ele deslizava sem balançar ou oscilar sobre os meus dedos estendidos, abertos, cheios de força.

Chegamos a um galpão enferrujado e pequeno, em uma rua praticamente sem iluminação, com terrenos baldios e casas velhas. Carlos elogiou a minha direção e disse que estávamos dez minutos adiantados. Pediu que eu estacionasse o carro em um terreno baldio ao lado do galpão. Todos saíram. Quando acionei a luz alta para enxergar o chão, vi cerca de oito ou nove carros enfileirados ao longo de um muro nas partes do fundo do terreno. Manobrei o carro e estacionei. Enquanto retornava e me apoiava na parede do galpão, notei que ele não era tão pequeno quanto parecia. Quando cheguei à calçada olhei para trás e não vi o carro. Ainda fiquei alguns segundos observando a escuridão, tentando enxergar algum brilho que demonstrasse a sua presença, até o momento em que Carlos me chamou.

O galpão ao contrário do que se via de fora era largo e comprido, com um teto alto de ferro corroído pela ferrugem. Pelo chão também havia manchas de ferrugem. Ao longo do galpão havia pilastras de ferro onde holofotes iluminavam praticamente todos os cantos, exceto o teto. Novamente estranhei o excesso de iluminação como havia estranhado no bar. Não havia nada no galpão, a não ser restos de sacos pretos e ferros em pequenos montes espalhados ao redor das pilastras. Caminhamos pelo vazio bem iluminado na direção dos fundos que parecia estar distante um quilometro. Carlos e Ivan caminhavam na frente, seguidos por Nilda e Iara logo atrás, que andavam de braços dados e riam. Suas sombras espessas se misturavam e formava uma única sombra no chão, uma sombra imensa e disforme, cheias de saliências.

Depois de três minutos andando, notei que nos fundos havia pessoas se movendo. Estavam tão distantes que pareciam curvadas. Depois de cinco minutos consegui ver dez ou doze pessoas andando em círculos. Dez minutos depois um grupo de vinte ou vinte cinco pessoas formavam um círculo grande ao redor de dois homens que lutavam.

Chegamos ao círculo no fim do galpão e nos aproximamos das pessoas. Havia homens e mulheres, todos com roupas baratas de operários e rostos cansados. Acompanhavam a luta em silêncio, apenas fazendo gestos e dando assovios ocasionais durante algum momento mais intenso da luta. Os dois homens que lutavam estavam sangrando nos supercílios, nos lábios e tinham manchas vermelhas pelos troncos e braços. Não pareciam nem um pouco boxeadores ou lutadores. Um, era um pouco gordo, alto e calvo. O outro, era mais baixo e um pouco forte. Parecia uma luta desigual entre dois homens bêbados. Os socos e os chutes eram sem o menor sentido e serviam apenas para que eles voltassem a se agarrar e cair no chão. Um homem de boné verde surgia e os separava. Eles voltavam a ficar em pé e erguiam os braços de forma desajeitada, gingavam os corpos e se agarravam novamente. Também pareciam operários como as outras pessoas.

Ninguém se importou com a nossa presença ou pareceu nos temer. Ninguém veio falar conosco. Apenas dois homens e uma mulher nos observaram sem interesse e sem medo por alguns segundos, depois voltaram a olhar a luta. Após alguns minutos, Carlos se afastou e começou a falar com um homem de boné verde que estava no outro lado do círculo, o mesmo que havia separado os dois lutadores. Conversavam e faziam muitos gestos com os braços. Depois apertaram a mão, parecendo chegar a um acordo, e Carlos retornou para perto de nós.

Os dois homens continuaram lutando até que ambos caíram exaustos no chão. Tentaram levantar e não conseguiram. Algumas pessoas se aproximaram deles e os retiraram do círculo. Quando olhei para o meu lado direito não vi mais o Ivan. Procurei os outros e os vi mais afastados, conversando com o homem de boné verde. Iara e Carlos pareciam acertar algo com ele, que escrevia em um pedaço de papel e balançava a cabeça de forma afirmativa. Nilda parecia olhar e sorrir para um homem que estava sem camisa e se alongava, pulando e dobrando os braços. O homem também olhava e sorria para ela, sem parar de se alongar. Olhei mais ao fundo e Ivan se aproximava sem camisa e com as bainhas da calça dobradas. Chegou e apertou a mão do homem. Ambos sorriram e ficaram conversando. Nilda ficou olhando para os dois enquanto alisava os cabelos e o vestido sujo com uma mancha de comida.

Alguém atrás de mim, deu um assovio alto e forte. Carlos e o homem de boné caminharam na direção do círculo, seguidos por Ivan e o seu adversário. Nilda e Iara se aproximaram abraçadas e entre risos.

Ivan e Carlos ficaram conversando por um instante enquanto o adversário ficava se alongando no meio do círculo. O homem do boné ficou ao lado de Iara e ambos começaram a conversar entre sorrisos. Nilda ficou olhando para os dois com raiva e foi se afastando de lado até esbarrar em uma mulher, que pareceu não gostar e a xingou, ou disse algo. Ela ficou olhando para a mulher com uma cara de surpresa e depois começou a rir, a mulher olhou para ela com os olhos arregalados e se afastou, empurrando algumas pessoas. Percebi um movimento rápido na minha esquerda e olhei para o centro do círculo. Ivan pulava em cima do seu adversário com os dois braços levantados e as mãos entrelaçadas, atingindo a cabeça e parte do seu rosto que imediatamente começou a sangrar. Enquanto o homem se contorcia no chão, Ivan ficou dando voltas em torno dele. O homem era forte, mas não tão forte quanto Ivan. Talvez tivessem a mesa altura. Novamente achei a luta desigual e sem sentido.

Ivan dava voltas em torno do homem que parecia não querer levantar e ficava alisando a testa que sangrava muito. Do nada ele chutou a barriga do homem e depois começou a pisar a sua cabeça. O homem deu um grito de dor e deu várias cambalhotas pelo chão. O seu rosto estava bem machucado e seus olhos estavam quase completamente cobertos por sangue. Ivan voltou a dar voltas sobre ele enquanto alisava as mãos. Parecia com uma confiança que nunca havia visto até aquele momento. Todo o seu corpo parecia maior embaixo da luz. Até mesmo seus olhos estavam modificados. Continuou dando voltas ao redor do homem que se contorcia de dor e parecia vencido. Enquanto andava, o seu cadarço se soltou. Eu percebi e pensei em avisar, mas estava distante. A Iara percebeu e o avisou, fazendo com que ele se curvasse para amarrar. Nesse instante o homem que parecia completamente sem forças levantou de um salto e pulou sobre Ivan como se tivesse o tempo todo fingindo enquanto esteve no chão. Ambos caíram e começaram a trocar socos de forma desordenada enquanto suas pernas balançavam para o alto. Giraram seus corpos e trocaram de posição até que Ivan ficou por cima e começou a desferir socos sem parar no rosto do homem. O homem levantou a cintura e derrubou Ivan, fazendo com que ele caísse para frente. O homem levantou do chão e limpou o sangue do rosto. Não parecia cansado ou abalado, apenas um pouco tonto. Ivan levantou do chão e começou a dar voltas em volta do homem, que seguia Ivan e girava sobre o próprio corpo. Ambos voltaram a gingar. O homem ficou parado e Ivan também parou depois de alguns passos. Houve dois ou três segundos de silêncio até que o homem partiu para cima de Ivan com um soco reto e o atingiu na parte do queixo e boca, fazendo com que a cabeça dele se deslocasse para trás com força enquanto os seus braços balançavam e suas pernas pareciam esmorecer, caindo quase aos pés das pessoas que formavam o círculo. Pensei que o homem de boné iria intervir, mas ele permaneceu parado enquanto o homem se aproximou de Ivan e começou a chutá-lo nas costas, na região da cintura e da coluna. Ivan ficou parado recebendo os chutes como se tivesse desacordado até que reagiu e girou o corpo, segurando a perna do homem e o puxando para frente, fazendo com que ele caísse e batesse a cabeça violentamente. Ambos ficaram deitados e sem movimentos por alguns segundos, apenas respirando. O homem ficou alisando a parte de trás da cabeça e fazendo uma cara de dor horrível, Ivan ficou alisando as costas e fazendo uma cara de dor horrível. Olhando para a cara dos dois senti vontade de rir, mas me controlei. O homem foi o primeiro a se recuperar. Levantou do chão e ficou respirando, com as pernas arqueadas. Logo em seguida, Ivan também levantou. Os dois agora pareciam estar bem cansados e sentindo dores fortes. Respiravam e alisavam alguma parte do corpo que estivesse dolorida. Faziam caretas de dor e davam passos vacilantes para os lados. Percebi que a luta estava no fim. Olhei para algumas pessoas do círculo e elas pareciam entediadas, coçando os rostos e bocejando. Algumas até alisava as pálpebras com a parte de fora das mãos. Procurei por Nilda e não achei. Iara e Carlos estavam calados e sem nenhuma expressão no rosto ao lado do homem de boné, que parecia cansado como o resto das pessoas. Quando voltei a olhar para Ivan ele estava com o braço esquerdo levantado na altura do rosto enquanto suas pernas se inclinavam para frente e a sua cintura fazia um movimento curto para esquerda. O homem estava parado com os braços colados ao corpo e parecia ter se entregado. Quando o soco de Ivan o atingiu, ele parecia já estar caindo antes que a mão de Ivan o tocasse e a sua cabeça virasse completamente para direita, fazendo com que seus lábios e pele ficassem contorcidos enquanto o sangue que saia de sua boca voasse no ar e caísse a dois metros de distância. O homem tombou torto no chão, com a metade de cima do corpo virado para baixo e a metade de baixo virado para cima, com os seus braços e pernas entrelaçados entre si. Ivan também quase caiu devido à força do soco, mas conseguiu se equilibrar. Ficou arquejando e observando o homem inerte no chão, apoiando o corpo ora com uma perna, ora com outra.

Esperava que houvesse aplausos ou então assovios, ou que alguém abraçasse o vencedor e o levantasse do chão. Ao invés disso, pessoas do círculo saíram dos seus lugares e começaram a arrastar o adversário de Ivan pelo chão, puxando o seu corpo pela perna. Iara, Carlos e o homem de boné verde se aproximaram de Ivan e ficaram ao seu lado enquanto o corpo do homem era arrastado. Depois trocaram algumas palavras com ele e os quatro foram para um canto mais afastado. As pessoas do círculo começaram a se dispersar e caminhar para fora do galpão. Enquanto caminhavam, seus corpos diminuíam e suas sombras se alongavam em todas as direções. Quando chegaram a porta de entrada parecia uma massa disforme em movimento. Em poucos segundos quase todos foram embora, restando apenas o nosso grupo, o homem de boné verde e o adversário de Ivan, que estava sentado no chão e recebia cuidados de três pessoas molhando o seu rosto e depois enxugando com uma camisa.

Em um canto mais afastado o homem de boné verde dava um maço de dinheiros para o Carlos. Ambos sorriam e conversavam. Um pouco afastado Iara e Nilda vestiam a camisa em Ivan que parecia estar bem, sem sangramentos ou cara de dor. Escutei um barulho em minhas costas e me virei. O adversário de Ivan começava a caminhar para fora do galpão. Andava rápido e parecia bem. As outras três pessoas o seguiam. Virei novamente e Carlos junto com o homem de boné passavam ao meu lado. Nenhum dos dois pareceu me ver e continuaram andando pelo galpão. Logo depois Iara, Nilda e Ivan passaram ao meu lado. Nenhum dos três também me viu. Ivan parecia recuperado e andava normalmente. Comecei a andar e os alcancei.

No lado de fora, Carlos e o homem de boné se cumprimentavam embaixo de um poste. Depois o homem de boné sumiu na escuridão da rua e o Carlos se aproximou de Ivan, Nilda e Iara que estavam na calçada oposta. O restante das pessoas haviam sumido. Carlos me viu e pediu que eu pegasse o carro. Ivan, Nilda e Iara continuaram conversando. Ivan gesticulava e fazia gestos com os punhos cerrados para Iara e Nilda que observavam com atenção. Carlos contava o dinheiro, passando as notas de uma mão para outra, que não parecia muito. Caminhei o resto da calçada e entrei no terreno baldio. Os outros carros não estavam mais lá. Manobrei o carro e saí do terreno. Estacionei o carro no outro lado da calçada e esperei que os quatro entrassem. Manobrei o carro e dei a volta na rua. Quando passava pela frente do galpão um velho apagava as luzes e fechava o portão de ferro. Olhei bem para seu rosto. Ele ao me ver, estranhamente, sorriu como se me conhecesse e acenou com a mão de forma carinhosa. No mesmo instante o meu corpo ficou gelado, mesmo assim continuei avançando na direção do mar pela rua escura, evitando olhar o espelho retrovisor. Depois de uma curva, Carlos mandou que eu virasse para direita e seguisse reto até o final da avenida. Passei a marcha, acelerei o carro, apertei com força o volante.

7.

Dormimos em um pequeno hotel ainda nos subúrbios de **********. Todas as luzes do hotel, incluindo as do quarto, era azul, azul anil forte. No banheiro do quarto vi meu rosto sob a luz e fiquei maravilhado com os contornos robustos que meus traços receberam. Eu parecia maior e mais forte. Parecia outra pessoa.

No meu quarto havia uma janela que dava para um pátio deserto também iluminado pela luz azul. Ao redor do pátio havia casas que pareciam desertas, depósitos e cercas caídas cheias de matos e restos de gramas, pedaços de ferro enferrujados nas sarjetas entre poças que se formaram depois de uma chuva forte e rápida que durou cinco, seis minutos no máximo. Um vento frio soprava devagar e constante, trazendo o cheiro de maresia. Quando comecei a sentir sono e abandonava a janela para dormir, Ivan surgiu no meio do pátio, gingando e dando socos no ar, como se estivesse se aquecendo para uma possível luta. O seu corpo embaixo da luz azul também se expandiu, pareceu maior, duas vezes maior. Ele ficou gingando e dando socos por cerca de dez minutos até parar e ficar andando em círculo. Nesse instante percebi a felicidade em seu rosto, um sorriso singelo, natural, que ele nunca faria na frente de ninguém por vergonha e guardava apenas para si mesmo quando tivesse oportunidade de estar sozinho. Talvez tenha dado esse sorriso devido a vitória na luta poucas horas antes. Fiquei feliz por ele. Fiquei feliz por ter visto esse sorriso que nunca havia visto. Ele continuou dando pequenas voltas e sorrindo até se cansar e retornar andando lentamente para dentro do hotel, saboreando o momento em cada passo.

Continuei olhando o pátio. O vento ficou forte por alguns segundos e depois voltou a ficar fraco e constante. Quando saía da janela, uma mulher passou andando pela calçada. Tinha o cabelo ruivo, longo e ondulado até a cintura e um quadril bonito, com duas curvas alongadas antes da cintura larga. As pernas eram compridas, fortes, nem grossas e nem finas. Usava um vestido vermelho e sapatos vermelhos. Também tinha um batom vermelho na boca e seu rosto parecia sério sem ser severo ou perverso, apenas sério. Uma mulher para amar, sonhar e se perder completamente cego, sem razão, sem pensar. A luz azul do pátio iluminava parte da calçada e quando ela chegou nesse trecho, o seu corpo foi iluminado por três segundos, fazendo com que seu vestido ficasse alaranjado, meio amarelo fogo, meio dourado. Depois ela continuou andando e o vestido voltou a sua cor normal. Sumiu como surgiu e não percebeu que eu a olhava. Fiquei escutando seus passos sumindo na calçada enquanto senti que um sorriso surgia no meu rosto de forma automática, natural, apenas para mim.

Observei ainda o pátio por dois minutos e depois fechei a janela, enquanto o vento voltava a ficar forte sobre o meu rosto.

8.

E permanecemos em ********** no dia seguinte. Assim que acordamos fomos direto para uma praça larga e quadrada com mesas e bancos de cimento onde várias pessoas jogavam xadrez. Ainda era cedo quando chegamos. No máximo sete ou oito da manhã. Fiquei impressionado com a quantidade de pessoas. Parecia um campeonato organizado, com o melhor ganhando troféu e dinheiro, mas observando melhor, percebi que tudo era informal e as apostas eram feitas na hora. Além de dinheiro, havia a possibilidade de o vencedor ganhar relógios de ouro, correntes de prata, qualquer coisa que tivesse valor e os jogadores aceitassem como pagamento. Logo que chegamos vi um homem retirar suas botas velhas, depois de ter levado um xeque-mate, e passar ao outro jogador, que ria e mostrava o que havia ganhado para um amigo que estava em pé acompanhando a partida. Tudo parecia tranquilo. Não havia brigas ou discussões depois que uma partida acabava. O jogador que perdia pagava o que havia apostado e se retirava da mesa. No mesmo instante outro oponente, que já estava esperando, sentava à mesa e entrava em processo de discussão com o vencedor sobre que objeto havia para se apostar ou se a aposta seria em dinheiro. Depois de alguns segundos as peças eram arrumadas e uma nova partida começava. Não havia limite de tempo para a movimentação das peças e para encerrar a partida. As peças eram gratuitas, do mesmo padrão e de tamanho médio. Apenas em algumas mesas havia jogadores que utilizavam suas próprias peças, feitas em alabastros ou pedra sabão, com desenhos mais estilizados. O mais bonito que havia visto era um de madeira. Dois velhos jogavam sem pressa e sem apostar nada enquanto fumavam charutos.

Assim que chegamos Carlos sentou em uma mesa. Apostou uma parte do que Ivan havia ganhado na luta. Todo o dinheiro estava com ele. Sentamos todos em um banco extenso de cimento que havia em uma das laterais da praça. Iara estava ao meu lado e olhava para Ivan e Nilda que riam e conversavam sobre algo que não conseguia escutar. Durante alguns segundos ela se virou para mim e ficou me olhando com raiva. Depois levantou do banco e ficou caminhando por entre as mesas, observando as jogadas enquanto protegia o rosto do sol fraco. Ivan e Nilda continuaram conversando e rindo, ambos se alisando e empurrando a perna um do outro.

Os esqueci e fiquei observando Carlos. A primeira partida levou cerca de meia hora. Ele ganhou e um homem baixo e careca pagou o que lhe devia. Ficou alguns segundos contando as notas com um sorriso de satisfação no rosto, o sol fraco brilhando nos seus dentes, suas mãos grandes e rápidas recolocando as peças no lugar.

Logo depois um homem de boné azul sentou no outro banco. Cumprimentaram-se, acertaram o valor da partida e Carlos deu o primeiro movimento. Essa partida durou apenas dez minutos. Carlos demorava em movimentar as suas peças, mas o homem de boné azul movimentava as suas logo depois que Carlos fazia o seu movimento, e às vezes o movimento dele era praticamente sobre o movimento de Carlos, como se soubesse com antecedência qual peça Carlos iria usar e onde ele iria colocá-la. Obviamente que essa partida o Carlos perdeu. Quando as suas peças começaram a ser derrubadas, o seu rosto antes sorridente começou a mudar gradualmente de uma leve decepção até o transtorno de suar, ficar coçando o rosto e alisar o cabelo de forma compulsiva. Quando passou o dinheiro ao homem de boné azul e levantava da mesa, o seu rosto havia se tornado sombrio e fechado, como se fosse outra pessoa. A situação só não foi pior porque ele não havia apostado muito, apenas algumas notas. Mas o motivo da sua irritação não parecia ser a perda do dinheiro.

Enquanto Carlos esperava para se sentar em outra mesa, Ivan e Nilda se levantaram e ficaram caminhando pela praça, observando as partidas e rindo possivelmente da aparência dos jogadores. Não se aproximaram de Carlos, que depois de alguns minutos parecia mais calmo. Olhei para a minha direita e vi Iara observando Ivan e Nilda com os braços cruzados, um semblante de raiva no rosto. Percebeu que a observava e se virou para mim. Abaixei a cabeça por alguns segundos e depois fiquei observando Carlos. Quando voltei a olhar na direção dela, ela não estava.

Carlos voltou a se sentar em outra mesa. O seu oponente era agora um homem da sua idade ou até mais novo que estava ficando calvo e não parecia se importar com isso. Sorria o tempo todo enquanto conversava com Carlos. Pela quantidade das notas a aposta não foi muito alta. Senti um calafrio e olhei para a minha esquerda. Iara caminhava na minha direção e olhava para mim como estava olhando para Ivan e Nilda. Sentou ao meu lado e cruzou os braços. Eu abaixei a cabeça e fiquei olhando para o chão. Senti que ela me observava e fazia caretas que não me atrevi a virar o rosto para ver. Parou de me olhar e ficou olhando na direção da praça por alguns segundos para depois virar o rosto para mim novamente. Senti calafrio e um formigamento na perna esquerda.

— Sempre observando tudo não é mesmo, Leno?

— Como?

Ela ficou calada e coçou o nariz. Seus olhos estavam escuros e a sua pele parecia seca, cheia de manchas.

— Você é um sonso, sabia?

— Eu, sonso?

— Não, a minha mãe era sonsa. Você é um dissimulado. Sabia disso?

— Imagina, Iara. Você está enganada ao meu respeito.

— Puta que pariu. Você não é um dissimulado, você um sonso dissimulado. Sabia disso?

— Não, não sabia.

— Está feliz que revelei isso sobre você mesmo?

— Não... Não sei o que responder.

— Filho da puta.

Senti mais calafrio. Minhas duas pernas ficaram dormentes.

Parou de olhar para mim para observar Ivan e Nilda que acompanhavam uma partida com atenção, sem rir ou conversar. Os dois estavam abraçados e parecia um casal.

— Filho da puta.

Percebi que ela não falava comigo.

— Filho da puta. Esse Ivan é outro filho da puta. Você sabe por que ele ficou forte desse jeito, Leno?

— Não, não sei.

— Ele ficou forte desse jeito por que levou uma surra do Carlos, uma surra que quase o matou. Depois disso começou a puxar ferro até virar esse monstro ridículo cheio de músculos. E o mais engraçado é que ele fez isso para assustar o Carlos, para amedrontar o irmão. Mas pelo visto isso não aconteceu e o Carlos continua assustando ele. Não é engraçado? Puxou ferro até se tornar esse monstro e continuou cheio de medo e respeito pelo irmão. É um bunda mole filho da puta. Você sabia disso, Leno?

— Sabia o quê?

— Sabia que você é um imbecil?

— Não, não sabia.

— Imbecil.

E levantou do banco. Atravessou a praça quase correndo e sumiu por entre as mesas. Senti mais calafrio, minhas pernas pareciam sem movimento. Levantei do banco. Senti meu sangue retornar para minhas pernas. Caminhei um pouco. Parei e sentei no extremo do banco, embaixo de uma sombra. Ivan e Nilda haviam sumido. Procurei Carlos e não consegui vê-lo.

Senti vontade de fugir. Vontade de escrever até a exaustão e desmaiar devido ao cansaço mental. Vontade de me afogar em uma praia quente, mansa e deserta. Abaixei a cabeça, fechei os olhos e alisei minhas pálpebras. Levantei a cabeça e consegui enxergar Carlos. Ele estava jogando com um homem de chapéu e bem agasalhado como se estivesse sentindo muito frio. Não conseguia ver o movimento das peças e nem o rosto do homem agasalhado, que estava de costas para mim. Carlos parecia estar ganhando pela expressão tranquila em seu rosto. O seu adversário estava curvado e demorava mais tempo para fazer um movimento. Procurei Ivan, Nilda e Iara e não os achei. As nuvens se abriram e um sol fraco iluminou a praça inteira. Pequenos vapores começaram a sair das cabeças das pessoas. O vento ficou menos frio, uma gota de suor escorreu do meu rosto.

Olhei para o sol pequeno no céu branco. As nuvens compactas voltaram a se movimentar e lentamente o dia voltou a ficar escuro como se fosse o entardecer. Senti sono, senti cansaço. Fechei os olhos novamente. Fiquei respirando. Olhei novamente para mesa de Carlos e o vi repassando várias notas para o homem agasalhado. No seu rosto havia dor, muita dor. Levantou da mesa e sumiu entre as pessoas.

Senti sono novamente e acabei dormindo sobre o meu braço, que estava apoiado no encosto do banco. Sonhei com três homens caminhando por um deserto. Acompanhava esses três homens e nunca via os seus rostos, apenas os via de costas. Estavam de terno, gravata e seus cabelos eram pretos, bem pretos. Os seguia bem próximo como se os conhecesse ou fosse uma espécie de sombra de um deles. Os segui por horas até o momento que eles pararam ao lado do corpo de uma mulher morta, jogada no chão lembrando um pedaço de tronco podre. Havia moscas ao redor dela e a sua pele estava azulada. Sobre a sua cabeça uma pedra que escondia completamente o seu rosto, uma pedra imensa, preta, lisa, quadrada e brilhante. Não sei quanto tempo dormi, mas nesse instante acordei e vi Iara sentada ao meu lado.

— Bons sonhos, querido?

Não respondi. Levantei do banco e caminhei sentindo formigamento no braço que havia apoiado a minha cabeça. Parei e sentei novamente. Senti que a Iara me observava. Olhei para a praça e vi o Carlos caminhando na minha direção. Atrás dele vinham Ivan e Nilda abraçados pela cintura.

— Vamos, Leno. Já terminamos por aqui.

Levantei do banco. Carlos parecia feliz e relaxado. Ergueu o braço e chamou Iara, que levantou imediatamente do banco e veio na nossa direção com a cabeça baixa, chutando folhas do chão. Logo depois chegaram Ivan e Nilda, que também pareciam felizes.

Entramos no carro e partimos. Olhei para a praça e ela parecia ter se enchido de mais jogadores. O sol voltou a aparecer. Seguimos pelas ruas vazias até alcançar a avenida que margeava a orla. A água do mar estava escura, poucas pessoas caminhavam pela faixa de areia.

Carlos, depois de alguns minutos, começou a contar o dinheiro que havia ganhado. Sobre o seu colo havia dezenas de notas. Percebeu que o observava e mandou que eu seguisse reto, olhasse para frente. Passei a marcha e acelerei o carro.

9.

— Siga por esta estrada até esse ponto. Depois, vire à esquerda e avance pela estrada de terra. Pelos meus cálculos depois de uma hora você vai ver uma cancela para gado, pequena e estreita. Quando chegar nessa cancela, me acorde.

Cinco minutos depois ele estava dormindo como uma criança, os braços cruzados e as pernas recolhidas. Pelo seu rosto não havia cansaço ou sofrimento. Possivelmente sonhava com algo bom.

Segui pela estrada de terra margeada por uma mata fechada e muitas cercas. No meio da escuridão de um campo via uma luz acessa de alguma casa cercada pelas sombras das árvores que se moviam lentamente no vento. Cortava névoas enquanto passava a marcha e diminuía a velocidade antes de uma curva fechada e cheia de buracos. Pedrinhas soltas batiam no fundo do carro como se fosse uma chuva não muito forte e constante. Todos no carro dormiam. Ivan sobre Nilda e Nilda sobre Iara. A cada dez minutos o farol iluminava algum animal e seus olhos brilhavam quando ele ficava alguns segundos paralisados devido ao susto do encontro com a luz. Depois, saía correndo por entre as cercas e levantava uma fumaça de terra seca que o carro cortava e o vento trazia até os meus olhos. Apertava as pálpebras, meus olhos lacrimejavam e eu voltava a enxergar. Às vezes, nesse momento, saía um pouco da estrada, mas acabava consertando a direção. Corujas gritavam e passavam voando bem diante do carro demonstrando o limite do seu território. Cigarras cantavam distantes. Adorava o canto das cigarras. Na minha infância, milhares de cigarras cantavam no entardecer. Algumas ficavam na parte baixa de um tronco e eu as pegava com a mão. Ficavam assustadas por alguns segundos até voltarem a ficar paradas e começarem a cantar quase sobre o meu rosto. Adorava seus corpos cinzas, feios e disformes. Adorava vê-las cantando em minha mão. Hoje em dia quase todas as cigarras estão mortas. Fiquei surpreso de vê-las cantando naquela região e dentro da noite.

Avancei por um longo trecho em linha reta até chegar a uma cancela grande e de ferro. Pensei que tinha errado o caminho porque Carlos me descreveu uma cancela pequena e estreita para gado. Acordei Carlos e ele disse que parecia ser o local exato.

— Talvez tenham mudado para uma cancela melhor. Vou dar uma olhada.

Ele saiu do carro e pulou a cancela. Os faróis iluminaram seu corpo por alguns instantes até ele sumir na estradinha de terra, que levava até uma casa pequena de dois andares sobre uma colina. Fiquei sem saber o que fazer e permaneci imóvel. Resolvi acordar todos que estavam atrás. Ivan foi o único que acordou e perguntou onde estava Carlos.

— Ele pulou a cancela.

— Por que você não foi com ele?

— Ele não me chamou.

— Mas ele disse para você ficar no carro?

— Não.

— Vamos até lá. Pode ser perigoso.

— E as meninas?

— As meninas ficam no carro. Qualquer coisa elas gritam e nós retornamos. Elas sabem se defender.

Pulamos a cerca e andamos na estradinha. Depois de dez minutos chegamos à casa. Havia uma pequena entrada de cimento na parte da frente, cercada por um muro baixo. Passamos um pequeno portão de ferro e atravessamos a entrada até chegar na porta da casa. Chegamos a uma espécie de sala sem janela onde havia uma escada em espiral e uma mesa no centro coberta por um pano preto com seis cadeiras de madeira. Estendido em uma parede havia uma bandeira toda preta com um emblema de duas facas entrelaçadas no canto superior esquerdo. Pelo resto da sala havia uma estante com pastas e muitos papéis; outra mesa, pequena e com uma cadeira; e em outro canto, restos do que parecia ser cordas e redes de pesca abandonadas. A sala inclusive recendia a maresia e peixe morto misturado com sangue. Atravessamos essa sala e entramos em outra espécie de sala contígua, menor e sem saída. Nela havia apenas um armário envidraçado iluminado por uma lâmpada bem forte, com várias facas de todas as formas e formatos. Havia algumas de vidro, outras ornadas de prata e ouro, outras pareciam espadas devido ao comprimento. Havia uma pequena feita de vidro que brilhava como se fosse formada de diamantes. Ivan ficou bem surpreso e disse que algumas delas deviam valer muito dinheiro. Nesse instante escutamos passos sobre as nossas cabeças e sentimos um pouco de pó cair sobre nossos rostos quando olhamos para o teto. Voltamos para a sala anterior e subimos pela escada em espiral. O Ivan subiu na minha frente e parou no último degrau, observando algo. Quando levantava a perna para avançar escutei nitidamente a voz de Carlos pedindo para ele parar onde estava.

— Você veio sozinho?

— Não. O Leno está comigo.

— E Iara e Nilda?

— Ficaram no carro dormindo.

— Peça para o Leno voltar para o andar de baixo, ou se ele quiser que volte para o carro. Você pode vir.

Ivan se contorceu todo e me olhou assustado. Eu fiz uma cara de surpresa e balancei os ombros. Ivan subiu para o segundo andar e eu desci três degraus. Parei e voltei até o topo da escada. Ivan e Carlos estavam no fundo da sala diante de uma parede onde havia seis mapas extensos e largos, cheios de tachinhas e marcações em círculos vermelhos e azuis. Carlos olhava para os mapas e apontava direções, caminhos marcados e não marcados com o dedo em riste ao longo das folhas. Os mapas eram bem detalhados e mesmo longe conseguia ver o nome de algumas cidades. Ivan observava com atenção sem falar nada. Os dois transpiravam e pareciam com medo, olhando para os lados o tempo todo. Continuaram vendo os mapas por mais alguns minutos e depois se afastaram para um segundo pavimento atrás de uma parede. Escutei barulhos de passos pelo chão e de papéis revirados. Carlos mandou que Ivan olhasse alguns papéis e depois retornou para os mapas. Estava com um caderno pequeno e verde. Olhava para os mapas e anotava no caderno. Depois de cinco minutos, Ivan o chamou dizendo que achou o que ele queria. Carlos voltou para o segundo pavimento e os dois ficaram conversando. Depois pareceu que se abraçaram e falaram mais alto que o normal como se tivessem comemorando a descoberta. Ficaram em silêncio um instante e Carlos disse que iria apenas olhar os mapas pela última vez para depois retornar ao carro. Os dois apareceram novamente diante dos mapas e Ivan segurava em uma das mãos um caderno grande e preto com vários papéis soltos. Carlos voltou a anotar algo e apontar direções com a mão. Desci a escada e saí da casa. Passei pelo caminho de terra olhando para trás para ver se eles iriam aparecer até chegar à cancela. Pulei a cancela com cuidado e me aproximei do carro. Nilda e Iara ainda dormiam uma sobre a outra, esparramadas no banco de trás. Não pareciam estar fingindo. Entrei no carro com cuidado e bati a porta sem fazer barulho.

Cinco minutos depois os dois saíram e caminharam pela lateral da casa na direção dos fundos. Sumiram na escuridão e depois retornaram com galões de gasolina. Entraram novamente na casa. Uma fumaça escura surgiu nas telhas do segundo andar e se espalhou pelas paredes. Quando os dois saíram da casa os primeiros fogos se espalhavam pelos cômodos em labaredas altas e azuis. Passaram lentamente pelo caminho de terra e chegaram à cancela. Ivan ainda estava com o caderno grande e preto, Carlos estava sem nada nas mãos. Pularam a cancela e me olharam. Os dois estavam com um sorriso estranho no rosto.

— As meninas não acordaram?

— Não.

— Você ainda ficou no andar de baixo por algum tempo, Leno?

— Não.

— Retornou para o carro?

— Sim. E as meninas não acordaram.

— Então você não viu nada no segundo andar?

— Não.

Nesse instante as labaredas azuis se tornaram laranjas e amarelas. O teto desabou e uma fumaça preta se espalhou pela escuridão. O vento trouxe o cheiro de cinzas e mato queimado. Logo em seguida as paredes caíram uma atrás da outra e as labaredas se espalharam pelo chão em pequenos focos de fogo. Uma fumaça branca surgiu e se misturou com a preta, formando uma fumaça cinza que o vento começou a espalhar lentamente para todas as direções.

Carlos e Ivan entraram no carro.

— Vamos partir logo. Essa fumaça é tóxica.

Liguei o carro e manobrei com dificuldade, jogando a frente e o fundo do carro nas bordas da estrada. Olhei pelo espelho retrovisor e a fumaça cinza avançava pela cancela. Ivan tentava enxergar os papéis, Nilda e Iara ainda dormiam.

— Consegue lembrar o caminho de volta, Leno?

— Sim.

— Quando chegar ao asfalto me acorde para novas instruções.

E se virou para o lado da janela. Cinco minutos depois estava dormindo. Ivan demorou dez minutos até dormir sobre Nilda.

Acelerei o carro.

10.

Carlos me deu novas instruções e disse que eu atravessaria a fronteira e entraria na *********. Ficou um tempo acordado e depois voltou a dormir. Avancei pela escuridão cortando as névoas mais compactas e espessas, o frio cada vez mais forte. Nos dois lados da pista apenas cercas e a escuridão sobre o vazio. Nenhuma estrela brilhava, nenhum animal cruzava diante do farol, nenhum barulho ou som além do vento que entrava pela janela e gelava minhas mãos. Ivan dormia sobre Nilda que dormia sobre Iara que dormia sobre a porta. Cheiro de terra molhada, umidade constante. Acelerei o carro até o máximo durante uma reta de quarenta minutos. Quase cochilei. Dei tapas em meu rosto, alisei minhas pálpebras, girei o pescoço para esquerda e direita.

Parei em uma cidade pequena no amanhecer. Acordei Carlos e disse que precisava dormir. Conseguimos uma casa pequena nos arredores da cidade, dentro de uma fazenda. Bois caminhavam perto da minha janela no meio da geada e das névoas. Bois imensos, grandes, robustos e completamente brancos. Dormi rapidamente e sonhei que atropelava um boi maior do que o carro, um boi completamente branco. Depois o meu corpo era devorado pelo mesmo boi, lentamente, como se ele estivesse comendo grama pela manhã. Sentia seus dentes sobre a minha carne, meu corpo sendo mutilado e se desfazendo. Sentia a sua respiração quente e úmida enquanto ele percorria minha barriga e escolhia qual pedaço iria comer. Lembro dos seus olhos grandes e sem remorso olhando para meus olhos cheios de medo, cheios de angústia enquanto devorava meu nariz e meus lábios. Lembro do seu mugido seco, pesado e lento de satisfação e felicidade depois que só havia sobrado meus ossos sobre a grama, uma tênue camada de geada se depositando sobre meu sangue seco, poças de sangue seco.

Acordei três horas depois banhado em suor. Todo o meu corpo estava dormente. Uma vaca mugia distante pelos campos. Pela janela uma chuva rala entrava no quarto molhando minhas pernas e parte da cama. Uma claridade opaca e difusa sobre o meu rosto. Olhei para o lado e Carlos me observava encostado na porta.

— Temos um compromisso. Em cinco minutos saímos.

Pelo seu rosto havia cansaço e frieza. Saiu do quarto sem fazer barulho.

Dez minutos depois partimos no meio da chuva. A estrada se encheu de lama e o carro patinava de um lado para outro. Coloquei a marcha no ponto morto e deixei o carro deslizar por uma ladeira extensa entre duas colinas. Todos atrás riam e se jogavam um sobre o outro. Carlos pedia para eu tomar cuidado e não danificar o carro. Passamos essa ladeira e pegamos um trecho reto entre duas fazendas de trigo. Naquele trecho a chuva ainda não havia chegado. O vento carregava as cascas de trigo e formava nuvens douradas em constante movimento no sol fraco. Acelerei, passei a marcha. Carlos pediu que eu andasse mais devagar enquanto olhava um mapa. No lado esquerdo da estrada surgiu uma cancela grande para gado. Depois da cancela havia uma estradinha de terra que levava a uma casa pequena e quase destruída no final de uma encosta. Bois soltos mugiam e comiam no mato alto entre árvores ao redor da casa. Por uma chaminé nos fundos saia uma fumaça branca e rala. Carlos mandou que eu parasse na cancela.

Saímos do carro. Carlos pulou a cancela e caminhou pela estrada na direção da casa com um andar rápido e arrogante, sem medo, com os braços balançando e a cabeça erguida. Passou a porta de madeira que estava aberta e entrou na casa. Uma luz no interior da casa se acendeu. Por uma janela lateral com vidros quebrados vimos duas sombras de pessoas se movendo pela parede, uma sombra pequena e outra imensa que se espalhava de cima a baixo, uma sombra grande, gorda e robusta. Sentimos cheiro forte de cigarros e café trazidos pelo vento.

Cinco minutos depois Carlos saiu da casa e ficou de costas para nós. Conversava com alguém que permaneceu dentro da casa enquanto ria e gesticulava. Na mão esquerda tinha uma xícara de café e na mão direita um cigarro quase no fim. Terminou o cigarro e jogou a guimba no chão. Terminou o café e estendeu a xícara para dentro da casa. A pessoa com quem ele conversava pegou a xícara. Carlos agradeceu com um gesto de mão e um sorriso. A pessoa se afastou e pela janela lateral vi a sua sombra imensa se projetando novamente na parede enquanto ele parecia retornar para a cozinha. Carlos ficou coçando o rosto e depois se virou para nós. Pelo seu rosto havia dor e tristeza, muita dor e tristeza. Segundos depois a sombra do homem voltou a se projetar na parede e Carlos voltou a olhar pra dentro da casa, sorrindo e gesticulando. Depois de alguns segundos a pessoa oculta finalmente surgiu. Um homem imenso e forte, com quase dois metros de altura, corpulento e robusto parecendo um touro. Usava um macacão azul de mecânico, sujo com o que parecia ser terra, e botas de plástico. Passou a porta de entrada se curvando e ficou conversando com o Carlos. Não parecia feliz com a conversa. Na verdade, parecia irritado com a presença de Carlos. Devia ter no máximo trinta anos. Tinha o cabelo escuro e um bigode grande que descia pelos cantos da boca.

Depois de alguns segundos ambos olharam na nossa direção e Carlos ergueu o braço como se estivesse nos chamando. No mesmo instante a Nilda pulou a cancela e desceu sozinha a estradinha de terra, andando com medo e de cabeça baixa. Ivan no mesmo momento entrou no carro, batendo a porta traseira com força. Iara permaneceu ao meu lado, com um sorriso no rosto enquanto alisava os cabelos com as duas mãos e molhava os lábios com a língua por duas vezes. Olhei para a casa e vi Nilda ao lado de Carlos, que ainda conversava com o homem. Depois a Nilda foi levemente colocada para dentro da casa com um sutil empurrão de Carlos na cintura dela. Ela entrou na casa de cabeça baixa, sem olhar para o homem. O homem falou algo para Carlos e logo em seguida também entrou. Carlos sorriu e assentiu com a cabeça. A porta foi fechada. Duas sombras se moveram pela parede, uma bem pequena e outra imensa, robusta. Carlos nos olhou por um segundo e depois se afastou da casa. Ao invés de caminhar na nossa direção ele desceu rápido pelo terreno, passou o trecho onde estavam os bois e sumiu depois das árvores. Pela casa a fumaça na chaminé ficou mais espessa. Os bois mugiram. Procurei a Iara e ela não estava ao meu lado. Dentro do carro Ivan dormia ou parecia dormir. Iara não estava dentro do carro.

Comecei a caminhar chutando as pedrinhas e os torrões de terra escura que se desmanchavam em torrões menores. Saí de perto do carro e caminhei pela estrada desviando dos buracos. Uma névoa rala que subia pela estrada e se espalhava pelos campos de trigo me cobriu. Gotas de água surgiram na minha boca, estendi o braço e apertei um naco branco e fofo de névoa. Um vento frio e forte dispersou a névoa. Pelo chão, cascas de trigos esmagadas pelos pneus do carro, ao redor das estacas e das raízes das árvores. Mesmo esmagadas ou repartidas, brilhavam no sol fraco. Escutei um grito nas minhas costas e me virei. Outro grito alto e rápido surgiu no sentido da casa. Voltei correndo para o carro. Ivan e Iara estavam próximo da cancela. Nilda e Carlos subiam a estradinha. Nilda parecia sentir muita dor, caminhava com as pernas abertas como se tivesse se machucado na região do quadril. Estranhamente sorria enquanto Carlos a sustentava abraçado na sua cintura. Carlos parecia satisfeito com algo. Havia uma expressão de felicidade no seu rosto. Chegaram à cancela e não falaram nada com ninguém. Carlos mandou que entrássemos no carro e partíssemos. Dei ré e retornei para a estrada. Pelo retrovisor vi os olhos de Nilda brilhando enquanto conversava com Iara, que lambia os lábios e alisava os cabelos. Ivan estava calado. Olhava para fora.

Carlos mandou que eu retornasse para a casa que estávamos. Acelerei o carro.

11.

E saímos da casa no mesmo dia, no entardecer. Dirigi a noite inteira e finalmente chegamos aos subúrbios imensos e inacabáveis de ****** *****. Rodamos por horas enquanto Carlos olhava para um mapa. No fim da tarde mandou que eu parasse em um hotel. Eu estava muito cansado. Dormi e não sonhei com nada até a manhã seguinte.

Nada de novo aconteceu. Não irei me alongar.

Na verdade, estou cansado de escrever. Não há nada mesmo. Nada de novo.

Cortamos ****** ***** de norte a sul, leste a oeste. Choveu os três dias que passamos na cidade. Lembro vagamente de prédios altos e cinzas no centro, de casas e ruas iguais nos subúrbios que pareciam se multiplicar e se repetir. Durante à noite as ruas ficavam vazias e a escuridão se espalhava nos locais que não eram iluminados pela luz baça e amarela dos postes. Apesar da chuva, as pessoas caminhavam e corriam pelas avenidas há qualquer hora do dia e da noite. Havia música o tempo todo. Torcidas de futebol cantando. Havia mais vida que em **********. Mais movimento. Mais alegria.

Logo no primeiro dia, assim que saímos do quarto de hotel, vimos dois homens lutando com facas para corte de gado. Lutavam embaixo de chuva forte e se movimentavam sobre a lama de uma poça. Seus gestos eram rápidos e calculados. Quando um atacava o outro rapidamente desviava do golpe, e vice-versa. Giravam sobre a poça e nunca saiam do mesmo local. Pessoas nas arcadas de outros hotéis acompanhavam e davam assovios, gritavam, torciam. Uma grande festa de morte e azar. Uma grande alegria. Com um gesto rápido e curto o homem mais baixo e magro acertou o braço do outro homem, que era mais alto e robusto. O homem que sangrou não conseguiu revidar, errando seu contra golpe. O homem baixo acertou outro golpe na altura da barriga, revirando a faca no momento em que a lâmina avançava sobre a carne. O intestino brotou da barriga do homem mais alto como uma flor vermelha e branca, caindo por entre as suas pernas e ficando dependurado. Para finalizar, o homem mais baixo cortou o pescoço do homem mais alto, que tombou e ficou sangrando enquanto seu corpo inteiro se debatia. O vencedor se afastou entre assovios, aplausos e gritos da plateia. Caminhou lento e sem pressa até sumir depois de uma esquina. Não lembro que expressão havia em seu rosto devido à cortina de água da chuva.

Fora isso não existiu nada de novo. Com pequenas modificações tudo se repetiu como nos dias anteriores.

Na mesma manhã, fomos a um pequeno café cheio de mesas para xadrez. Enquanto ficamos em um canto mais afastado, Carlos jogou por cerca de três horas. Bebemos café e observamos a chuva no lado de fora. Iara e Nilda conversaram um pouco e depois ficaram caladas sem se olharem. Ivan sumiu por uma hora e depois retornou com os olhos vermelhos e cheios de lágrimas. Percebeu que eu o observava e sentou de costas para mim. Depois de algum tempo, esqueci todos e aproveitei o tempo para ler um livro de ***** ****** chamado * ********. Uma merda. Muito longo, sem estrutura, uma prosa ruim e sem beleza. Abandonei o livro no café e nunca mais o li.

Depois de três horas, Carlos apareceu e nos chamou. Pelo seu rosto havia dor, cansaço e desilusão. Enquanto caminhávamos na rua, logo depois de sairmos do café, ele e Ivan discutiram. Nilda e Iara, logo atrás deles, davam risadas. Eu atrás de todos olhava as pedras que formavam desenhos geométricos na calçada, as poças da chuva que refletiam o céu de nuvens cinza, os cadarços soltos dos meus sapatos. Voltou a chover e corremos para o carro. Retornamos para o hotel. Tentei ler um livro de ***** **** ****** e acabei dormindo. Acordei cinco horas depois. Chovia forte enquanto o sol se punha entre os prédios. Cinco minutos depois as lâmpadas dos postes começaram a acender. Voltei para a cama. Tentei ler um livro de ***** **** e acabei adormecendo. Dormi a noite inteira. Não sonhei com nada.

Na manhã seguinte saímos cedo. A chuva havia ficado mais forte e intensa. Pelas ruas o carro dividia poças imensas e uma vez o motor morreu. Rodamos por cerca de três horas pelo centro e pelo subúrbio. Carlos girava um mapa sobre o colo e tentava achar uma rua que parecia não existir. Iara e Nilda riam baixinho, Ivan olhava assustado para fora. Depois de uma rua formada por armazéns e depósitos, Carlos mandou parar o carro ao lado de uma casa abandonada, com buracos no lugar das janelas e da porta. Ficou olhando o mapa sobre o colo e observando a casa ao mesmo tempo. Pediu que todos ficassem no carro e saiu. Entrou na casa e desapareceu. A chuva ficou fraca. Pela rua havia outras casas destruídas junto com outros armazéns e depósitos. Nilda e Iara estavam caladas e pareciam com sono, alisavam os cabelos e fungavam enquanto observavam os pingos da chuva escorrendo pela janela. Ivan o tempo todo olhava assustado na direção da casa.

Cinco minutos depois Carlos surgiu no buraco da porta da casa e mandou que todos saíssem com um gesto de braço. Saímos e corremos pela chuva. Senti cheiro de sangue e terra molhada assim que entramos. Não havia nada na casa além de paredes destruídas e manchas de umidade. Passamos pelo que seria a sala, um corredor estreito e um quarto pequeno que dava para um pátio grande de cimento rachado devido a tufos de mato que brotavam do chão. Seguimos por esse pátio até chegarmos a uma parede grande onde havia uma portinha de ferro bem no centro. Passamos por essa portinha e caminhamos para o fim do depósito entre restos de coisas pelo chão: grãos de café, de milho, de soja e de cevada; pedaços de ferro, uma caçamba destruída de trator; até nos aproximarmos de um grupo que estava ao redor de dois homens que lutavam. Os dois homens estavam sem camisa e sem sapatos. Carlos assim que chegou, foi falar com um homem de boné azul. Nilda e Iara foram para o outro lado do círculo. Alisavam o cabelo e conversavam entre risos enquanto observava os dois homens que lutavam. Ivan permaneceu ao meu lado. Suas mãos tremiam e seu rosto estava pálido.

Meia hora depois Ivan era derrubado pelo seu oponente com um chute diagonal, de cima para baixo, que atingiu o seu rosto, parte do pescoço e o ombro esquerdo. Ficou desacordado por três minutos. Carlos jogou com raiva um balde de água sobre a sua cabeça. Ele acordou e rapidamente levantou do chão. Nilda e Iara se aproximaram sem pressa. Depois o homem de boné azul surgiu e recebeu um maço de notas do Carlos. O restante das pessoas começaram a se afastar na direção da portinha de ferro. Pareciam operários que trabalham em depósitos, armazéns. Pareciam cansados e entediados. Pareciam fantasmas.

Ivan também parecia um fantasma, assim como Carlos. Nilda e Iara pareciam apenas entediadas ou irritadas. Saímos do depósito e retornamos para o hotel. Dormi com o barulho fraco e ritmado da chuva no vidro da janela. Não sonhei com nada.

Não saímos na manhã seguinte. Carlos fez ligações por várias horas. Parecia irritado e estava com olheiras. Eu e o restante do grupo ficamos andando pelo saguão estreito e apertado com cadeiras velhas de madeira, folheando revistas semanais amareladas, vendo a chuva ficar forte e fraca, forte e fraca. Tentei ler um livro de ***** ******** e não consegui. Três minutos depois senti sono e dormi meio torto na cadeira.

Saímos somente pela tarde, depois do almoço. Rodamos pelo centro por dez minutos e paramos diante de um prédio velho, cinza e com muitos andares. Carlos pediu informações na entrada e nos chamou. Cruzamos pelo saguão escuro e fedendo a desinfetante até sairmos em um beco estreito e cheio de latas de lixo, nos fundos do prédio. Caminhamos até o fim do beco e paramos diante de uma porta de ferro. Carlos deu duas batidas curtas, depois três longas e para finalizar deu uma batida curta com força próximo da maçaneta. A porta de ferro rangeu e um velho surgiu cercado por uma luz vermelha ofuscante. Olhou para nós com uma expressão assustada e parou em Carlos. Ficou alguns segundos em silêncio e depois sorriu para ele, o reconhecendo. Carlos sorriu de volta e o cumprimentou. Depois, nos olhou constrangido e envergonhado. O velho olhou para nós com um sorriso e pediu que entrássemos, empurrando a porta e abrindo passagem. Carlos entrou primeiro e o seguimos. Passamos um corredor estreito e baixo até chegarmos numa sala pequena ainda iluminada pelas lâmpadas vermelhas. Na sala havia um sofá e uma bancada onde uma velha falava ao telefone. Ao lado da bancada havia uma parede com três portas e a entrada para outro corredor também estreito. O velho que abriu a porta para nós se aproximou da bancada e ficou esperando a velha desligar o telefone. Quando ela terminou a ligação, ele apontou para a porta de número dois na parede e depois apontou para Nilda. A velha olhou para Nilda e para o resto de nós. Balançou a cabeça e sorriu para o velho. Os dois conversaram mais alguns segundos, o velho assinou um pedaço de papel e depois entrou no corredor sem olhar para nós. A velha ficou olhando para a Nilda com um sorriso estranho no rosto até o telefone tocar.

Novamente senti o cheiro forte de desinfetante, o mesmo que havia sentido no saguão do prédio. Olhei para o resto do grupo e todos pareciam banhados em sangue devido à luz vermelha das lâmpadas. Olhei para minhas mãos e elas pareciam maiores, mais robustas.

Todos pareciam calmos. O barulho abafado do ar-condicionado era o único som pelo local. Na verdade, não sei se todos estavam calmos ou nervosos, ou tivessem qualquer outro semblante. A luz vermelha deformava os traços de todos, os tornando maiores e mais cheios. O rosto de Ivan parecia duas vezes maior, o rosto de Carlos parecia mais alongado. Não conseguia enxergar Nilda e Iara, apenas as suas pernas que pareciam gordas, imensas.

Depois de vinte minutos o telefone tocou. A velha atendeu e imediatamente mandou que a Nilda entrasse no quarto número dois. Ela levantou e com passos saltitantes, enquanto ajeitava o cabelo e o vestido, abriu a porta. Enquanto ela entrava no quarto consegui entrever uma cama e um vulto que se movimentava sobre ela. Nilda fechou a porta com delicadeza e não olhou para trás. Novamente, a luz do quarto também era vermelha.

Dez minutos depois Nilda saiu do quarto. Não percebi nenhuma mudança. Parecia que não havia entrado no quarto. Ela se aproximou de nós e Carlos levantou para falar com a velha. A velha lhe estendeu um papel e ele assinou. Devolveu o papel e a velha lhe deu um maço de dinheiros preso por um elástico. Ele pegou o dinheiro e colocou no bolso da calça. Apertou a mão da velha e se afastou da bancada com um sorriso estranho no rosto.

Tentei novamente ver algo no rosto de Nilda e não vi nada de anormal. Ela parecia calma e tranquila.

Retornamos pelo mesmo corredor e saímos. Voltamos para o carro e chegamos ao hotel no entardecer. Cada um foi para seu quarto e não saímos mais. Choveu forte a noite inteira enquanto eu dormia e acordava apenas para escutar o barulho bom da chuva batendo no vidro da janela, quando trocava de posição sobre a cama. Dormi sem sonhar com nada, sem sofrimento.

12.

Saímos de ****** ***** no dia seguinte logo pela manhã. Ainda chovia forte. Rodamos pelo subúrbio por uma hora e depois avançamos pela zona rural ao redor da cidade, onde sítios e casas quase destruídas se alinhavam nos dois lados da estrada. Seguindo pela estrada todas as casas e sítios sumiam aos poucos, restando apenas o frio, as névoas e o vento junto com a chuva. Carlos me deu novas instruções e começou a dormir.

Todos pareciam bem. Não havia raiva ou ódio, ou ansiedade tão presente anteriormente. Meia hora após Carlos se recostar na porta, todos atrás também começaram a dormir. Eu dirigi em total silêncio, sentindo apenas o fluxo do vento no meu rosto e o barulho constante dos pneus no asfalto sempre molhado ou úmido.

Dirigi por cerca de dez horas sem ficar cansado ou sentir tédio pela repetição da mesma paisagem nos dois lados da estrada.

No anoitecer chegamos a uma vila. Alugamos um espaço em uma leiteria e dormimos em um único quarto separado das vacas por apenas um tapume.

Nilda e Iara dormiram abraçadas a noite inteira. Em algum momento antes de amanhecer, quando acordei por não mais sentir sono e simplesmente fiquei com os olhos abertos, sem sair do lugar, as duas ficaram fazendo movimentos repetidos embaixo da coberta grossa de lã que as cobria completamente. Ivan e Carlos dormiam no outro lado sobre restos de feno, roncando e assobiando. Vinte minutos depois o sol surgiu por entre as telhas de vidro do telhado e manchas brancas se espalharam sobre nossos corpos. Nesse momento Nilda e Iara pararam, ficando imóveis.

As vacas começaram a mugir e todos acordaram. Nilda e Iara estavam sorridentes, com as roupas reviradas e amassadas.

Tomamos café e bebemos leite fresco, recém tirado de uma vaca. Os donos da casa eram um casal de meia-idade que tinham uma filha de três ou quatro anos. Nilda e Iara ficaram brincando com ela, chutando miolos de pão com os dedos. A criança sorria e seus dentes brilhavam enquanto ela balançava a franjinha na testa. Depois saíram da casa e ficaram brincando da varanda da casa no meio de montes de feno. O sol fraco brilhava sobre o sereno do amanhecer, pequenos e fugazes arco-íris surgiam e sumiam em menos de dez segundos. Quando um desses arco-íris surgia, todas as três corriam e tentavam pegar ou agarrar um desses arco-íris, que se desvaneciam em suas mãos como se fossem bolhas de sabão. Ficaram nessa brincadeira por meia hora até cansarem e se jogarem novamente sobre o feno, com a criança esparramada sobre o corpo das duas, arquejando de cansaço enquanto, ao mesmo tempo, sorria e os seus olhos pequenos e azuis brilhavam e parecia me observar com ternura como se me conhecesse desde o momento em que nasceu, como se eu sempre a observasse brincando sobre aquele amontoado de feno. Depois Nilda e Iara levantaram do feno e também me olharam do mesmo modo que a criança, enquanto sorriam e retiravam restos de fiapos das suas roupas. Por um momento as três ficaram me olhando e sorrindo, com vários arco-íris se formando e sumindo ao redor delas enquanto eu também parecia sorrir para elas e as observava com ternura como se sempre estivesse ao lado delas, como se elas fossem do meu sangue, uma extensão dividida em três partes do meu corpo e da minha natureza, até o momento em que voltou a chover e as três entraram correndo para dentro de casa.

Eu ainda fiquei alguns segundos parado, tomando chuva, sem entender nada do que havia pensado e do que havia acontecido. Depois também entrei na casa.

Devido à forte chuva não conseguimos sair. Rios de lama avançavam pela estrada e invadiam as plantações, derrubando as cercas e formando sulcos profundos na terra. As pessoas da vila apenas observavam a destruição nas portas de suas casas. Carlos mandou que eu estacionasse o carro em um lugar mais alto para que não ficasse atolado pela lama. Subi o terreno e estacionei embaixo de uma árvore sobre um morro.

Passamos o resto do dia observando os estragos que a lama e a chuva faziam: árvores sendo derrubadas, plantações sendo cobertas, vacas sendo rasgadas ao meio, as casas na parte mais baixa do terreno sendo destruídas e tragadas. Observávamos a destruição e fazíamos comentários maravilhados de espanto e admiração a cada novo evento. Até a Iara comentou o momento em que um vale inteiro foi soterrado por uma camada de terra, lama e a água que arrastou uma casa e várias árvores imensas, com raízes grossas e troncos imensos. Enquanto o sol se punha a chuva diminuiu e o estrago se perdeu na escuridão. O céu se encheu de estrelas e a lua cheia iluminava o topo das árvores que ainda ficaram em pé.

Velas começaram a ser acessas e ser espalhadas pela casa. O casal não parecia aflito, dizendo que aquilo era comum naquela região. Comemos à luz de vela enquanto Nilda e Iara brincavam com a criança. Depois sentamos todos na sala e ficamos bebendo vinho. Carlos e Ivan estenderam um mapa sobre o tapete e pediram informações para o casal, que apontaram direções e depois começaram a riscar o mapa com um lápis de cor vermelha. A criança, Nilda e Iara ficaram brincando com panelinhas e restos de folhas. Eu bebia o vinho e olhava para os rostos de Nilda e Iara, observando seus olhos e a cor dos seus olhos, a textura de suas peles, o movimento de seus cabelos, seus lábios, seus dentes, suas línguas surgindo e desaparecendo na escuridão ou na luz oscilante das velas. Quando menos percebi estava dormindo.

Acordei somente na manhã seguinte.

E ao contrário do dia anterior, não senti nada com o sorriso da criança e não vi nada de importante, sensacional ou sublime nos rostos da Nilda e da Iara, que eu sempre via e revia.

Despedimo-nos do casal e partimos, dando sorte pela lama não ter bloqueado a estrada. Meia hora depois todos dormiam enquanto o carro avançava no meio da neblina e as vacas mugiam distantes.

13.

Não tenho muito o que falar sobre os três dias seguintes. Cortei neblinas com o carro, dormimos em cidades pequenas e em locais improvisados, Carlos olhou mapas, Ivan lutou com um homem em um galpão e perdeu a luta, Nilda entrou em um quarto de hotel de beira de estrada com um velho e Iara apenas observou tudo isso sem falar nada e muito menos sofrer, assim como eu.

Apenas o frio cresceu, ficando mais espesso, mais forte, mais denso. Assim como o vento. Rumamos pelo sul. O sul dentro do sul, cada vez mais escuro, fechado e deserto.

E nesse sul achamos o homem que procurávamos. O grande culpado. O homem que faríamos sofrer sem piedade, sem misericórdia, sem perdão.

Vamos a ele.

14.

Encontramos o velho na fronteira entre a ********* e o *****. Era o mesmo velho que sumiu na neblina, o velho que eu deixei escapar, segundo as palavras de Iara.

Paramos em uma cidade pequena, talvez a menor cidade que passamos durante toda a viagem. Carlos mandou que eu parasse ao lado de uma praça e depois saltou do carro, seguido de Ivan. Carlos parecia feliz e empolgado como se tivesse prestes a conquistar algo ou ganhar algo. Ivan parecia ansioso e nervoso como sempre.

Ainda era cedo, talvez seis da manhã. O frio me dava dor de cabeça e impedia que eu respirasse direito. Iara e Nilda dormiam uma sobre a outra quando os dois saíram e entraram em uma casa verde, pequena, de apenas uma porta e uma janela na esquina da rua. Os dois passaram por uma varanda de cimento e sumiram depois de abrir a porta e entrar tranquilamente, sem bater ou chamar por alguém.

Apesar do frio havia um sol fraco e o céu estava limpo, sem nuvens. Também não havia vento algum como se o ar estivesse paralisado.

Dez minutos depois Carlos e Ivan surgiram com o velho. Carlos e Ivan o seguravam pelo braço, cada um de um lado, como se escoltassem um prisioneiro. Os dois olhavam para todos os lados e Ivan estava muito nervoso, com os olhos esbugalhados e suando muito pela testa. O velho parecia ter sido acordado naquele instante. Estava com o rosto inchado e o cabelo bagunçado, com a barba por fazer. Parecia ter sido forçado a vestir a primeira roupa que encontrasse: estava de chinelo, com uma calça preta e uma camisa cinza de pijama. Também carregava uma mochila. Pelo seu rosto havia cansaço e angústia.

Chegaram ao carro. Ivan o segurou enquanto Carlos guardava a mochila dele no porta mala. Depois acordou Nilda e Iara e mandou que elas fossem para frente. As duas resmungaram e assim que saíram do carro se abraçaram ao ver o velho, dando passos para trás de susto. Ivan as empurrou e entrou na parte de trás do carro. Carlos as empurrou para frente e elas sentaram no banco do carona. Carlos deu a volta no carro pelo fundo e sentou ao lado do velho, atrás do meu banco.

Ficamos segundos em silêncio, segundos que pareceram minutos. Nilda e Iara olhavam para trás e respiravam com dificuldade. Pelo espelho retrovisor via Carlos e Ivan que olhavam o velho como se não acreditassem que tivessem com ele ali, ao lado deles, depois de tudo que passaram, depois de tanto tempo.

O velho parecia surpreso e olhava para todos com um olhar cansado e assustado. Coçou a bochecha e olhou para Carlos com o cenho fechado.

Carlos olhou fixamente para ele por alguns segundos e sorriu. Um sorriso de vitória e satisfação. Um sorriso frio, morto, sem vida. Depois se virou para mim.

— Vamos, Leno.

15.

Na mesma manhã cruzamos a fronteira e entramos no *****. Segundo Carlos, não iríamos até ********, a capital. Devíamos chegar ao oceano pacífico e subirmos pela costa até alcançarmos os arredores de **********.

— Uma cidade bem bonita. Todos vão gostar.

Nilda e Iara se olharam como se procurassem entender o que Carlos havia dito. O velho nesse instante olhou cheio de espanto para Carlos e abaixou a cabeça logo em seguida como se tivesse medo de cruzar com o olhar dele. Carlos ainda permaneceu sereno, tranquilo e com o sorriso de satisfação no rosto por vários segundos. Ivan parecia mais calmo e olhava para o lado de fora.

Ao contrário do ******* e da *********, o clima no ***** era bem mais agradável. Ainda existia o frio, mas a chuva e o vento eram escassos. O tempo sempre estava limpo e o sol esquentava na medida certa durante todo dia, um sol branco e pequeno que nunca parecia sair do mesmo ponto no céu.

Depois de pequenas vilas espalhadas por montanhas cobertas por pinheiros, chegamos ao pacífico que brilhava sob o sol. Não havia uma nuvem no céu. Barcos brancos com velas azuis esmaecidas deslizavam próximo de uma colônia de pesca encravada entre pedras vulcânicas negras e lisas. Pescadores arrumavam as redes e as fumaças tênues de seus cigarros eram trazidas pelo vento meio morno, meio frio. Os peixes pulavam dentro das redes recém alçadas e suas escamas brilhavam enquanto a água escorria, reluzindo e refletindo a luz cristalina e limpa do sol.

Aquela paisagem me fez lembrar ********. Senti saudades.

Todos os outros não sentiram nada. Apenas o velho parecia consternado e olhava para a paisagem como eu olhava.

— Você nasceu aonde, velho?

O velho olhou rapidamente para Iara e não respondeu, voltando a cabeça na direção da paisagem no mesmo momento.

— Esse lugar me fez lembrar ********. Não gostei. Não gosto de ********.

— Você é um babaca, Ivan. Essa paisagem é bonita justamente porque lembra ********.

— Concordo com o Carlos. Também gostei.

— Cala a boca, Nilda. Ninguém pediu a sua opinião.

— Você é uma puta, Iara.

Todos deram risada. Menos eu. Até o velho deu risada como se tivesse entendido o que Nilda havia falado.

Ficamos alguns segundos em silêncio. E durante esses segundos, observando o grupo e o velho, me pareceu que todos os cinco pertenciam a uma família como se quatro filhos estivessem levando o seu pai envelhecido, ou o seu avô conservado e ainda atlético, para um passeio no final da tarde, um passeio depois de um bom almoço em que todos lembraram fatos maravilhosos de um passado mais distante, como a infância, ou um passado mais recente, ainda palpável, que tivesse acontecido ontem. Nilda e Iara chegaram até mesmo a abraçá-lo por um instante, mas depois viram o seu erro e retiraram seus braços do ombro do velho, que pareceu não entender o gesto de ambas, mas lamentou por elas terem se afastado com uma mudança de expressão no seu rosto. Havia empatia. Havia carinho e respeito, tanto do velho para com os quatro, como dos quatro para com o velho. Uma ligação estranha que nenhum deles conseguia compreender e jamais compreenderiam. Apenas eu enxergava todos esses sentimentos que depois se tornariam gestos de violência, gestos de horror.

A partir daquela praia tudo começaria. A vingança. O início da vingança e de todas as mortes.

— Chega de paisagem. Vamos, Leno. Ainda temos um dia de viagem. E vocês duas, parem de abraçar e sentir pena desse velho asqueroso. Lembrem o que ele fez. Lembrem sempre, principalmente a partir daqui. A brincadeira acabou. Entendido?

Nilda e Iara balançaram a cabeça de forma afirmativa. Ivan levantou com raiva e pressa o velho pela gola da camisa, empurrando-o para que ele andasse.

Avançamos pela noite. As estrelas começaram a brilhar. A lua cheia iluminava minhas mãos e o volante enquanto todos dormiam uns sobre os outros.

Todos sonhavam.

16.

Chegamos a ********** por volta de dez da manhã. Passamos as casas coloridas, subimos e descemos as ladeiras íngremes, estreitas e apertadas, paramos para comer em um restaurante à beira de um despenhadeiro que dava para uma pequena baía formada pelas mesmas pedras vulcânicas que vimos na praia. As ondas quebravam nas pedras formando nuvens de água que subiam pelo paredão através do vento e chegava até às mesas. Enquanto comíamos sentíamos os grãos duros de sal sobre os talheres, sobre a comida, sobre nossas mãos e braços, grudados em nossas nucas.

— Eles não precisam botar sal na comida.

E todos riram com o que Carlos falou. Inclusive eu e o velho.

Depois não rimos mais. Terminamos de comer em silêncio e saímos.

Antes que começasse a dirigir Carlos me estendeu um mapa sobre o capô do carro e me deu todas as instruções do local que iríamos, de que forma iríamos entrar e sair.

— Precisamos tomar muito cuidado a partir de agora. E precisamos muito de você. As meninas não podem fazer nada nesse momento, a não ser assistir ou vigiar, no máximo. Caso algo aconteça comigo e o Ivan, você fica responsável para retornar para o ****** com as duas sem que nada aconteça a elas, entendeu?

— Sim, entendi.

Na verdade, não havia entendido e nem gostado. Ficar responsável por Nilda e Iara me parecia algo impossível. Não conseguia ser responsável por mim mesmo, quanto mais pelas duas. Nem elas aceitariam isso. Era risível. Ridículo.

— Entendeu mesmo? Entendeu tudo?

— Sim, entendi.

— Vamos.

17.

Saímos da rodovia principal e avançamos por uma estrada de terra esburacada, cheia de pedras ao redor de plantações de uva. Nesse momento o velho começou a olhar para os lados como se tentasse reconhecer o local. Depois começou a falar em uma língua estranha, fechada, em um possível tom de pergunta, virando a cabeça o tempo todo para Carlos e Ivan.

— Que língua é essa, Carlos?

— A língua dos filhos das putas que mataram nossos avôs, Iara.

— Não parece ******. Parece mais *********.

— E desde quando você entende a diferença entre ****** e *********?

— Desde o momento em que eu estudei isso, seu estúpido.

— Estúpida é você. Cale a boca e não me incomode. Faz alguma diferença se essa língua é ****** ou *********?

Iara não respondeu.

Quando os dois se calaram o velho ficou agitado, respirando com dificuldade. Depois que saímos do restaurante,

Carlos o algemou com os braços virados para trás. Ele inclinava o corpo para frente e mostrava as algemas para Carlos, fazendo uma careta de dor. Ivan se aproximou do rosto dele e disse alguma coisa no seu ouvido. Ele resmungou e se afastou de Ivan. Carlos não falou nada, apenas ficou olhando para os dois.

Chegamos a uma encruzilhada no pôr do sol. Carlos mandou que eu seguisse pela estrada da direita, mais estreita que a da esquerda e coberta por um mato alto. Iria questionar, mas me calei.

Além do mato alto a estrada estava cheia de buracos, fazendo com que eu andasse na primeira ou na segunda marcha, no máximo. Pela janela sentia o cheiro doce dos vinhedos, misturado com alguma espécie de adubo natural de cheiro mais forte que se espalhava pelos dois lados da estrada. Na frente e atrás todos sacolejavam. Na metade do caminho a noite chegou sem estrelas e sem lua e a escuridão nos engoliu.

— A luz dos faróis aguenta, Leno?

— Não sei, Carlos. A bateria ainda parece suficiente. Por quê?

— Estamos muito longe?

— Não sei. Talvez mais quinze minutos.

— Se os buracos não furarem os pneus, a bateria aguenta. Fica tranquilo.

Ele sorriu para mim. O velho fez uma careta e pareceu rogar praga enquanto movimentava os braços e se inclinava para frente. Ivan o puxou pelo braço e falou algo em seu ouvido. O velho se afastou de Ivan e ficou fazendo uma careta de dor.

Quinze minutos depois chegamos a um portão de ferro e, ao mesmo tempo, o fim da estrada. Depois do portão havia uma casa média, com seis janelas e dois pavimentos, com paredes pintadas de branco. As telhas do telhado eram em vê bem fechado, no estilo europeu, pintadas de azul. A casa era iluminada por holofotes que cercavam o terreno. Assim que saltamos do carro, cães começaram a latir. No mesmo instante do latido dos cães, o velho ainda dentro do carro, começou a gritar desesperado como se chamasse por alguém na casa. Ivan retornou correndo para o carro e deu um soco no velho, que caiu sobre o assento e ficou gemendo e soluçando. Quando Ivan retornou para próximo de nós, uma luz no segundo andar se acendeu e uma sombra se movimentou pela parede do quarto.

— Leno, você fica aqui com as meninas. As meninas ficam fora do carro até voltarmos. Feche o carro e pegue o revólver. Qualquer movimento de fuga do velho, você atira. Não atire para matar, atire para parar. Nas pernas, nos joelhos. Ainda o quero vivo. Ele ainda tem muita coisa para ver. E não se assuste com os gritos dele. Ele possivelmente vai gritar muito com o que irá ver. Entendeu tudo?

— Sim.

Outra luz no segundo andar se acendeu e mais sombras surgiram. Ivan carregava uma mochila e Carlos um saco plástico. Os dois pularam o portão e desceram pelo terreno grudado à cerca até os fundos. Sumiram na escuridão. Os cães começaram a latir com força e depois se calaram. Mais luzes se acenderam no segundo e no primeiro andar. Segundos de silêncio. Um cão latiu uma única vez e se calou. Ivan e Carlos surgiram na porta de entrada, Ivan com uma barra de ferro e Carlos com uma corda grossa e escura. Entraram na casa. Outra luz foi acessa no segundo andar. Um barulho abafado como se algo estivesse caindo no chão foi seguido por gritos em várias línguas. Mas barulhos e gritos em várias línguas, algo caiu no chão, ordens de Carlos para que ninguém reagisse enquanto Ivan gritava, no mesmo tempo que Carlos, para que ninguém fizesse nada senão ele iria matar todo mundo da casa. Silêncio. Carlos mandou que alguém se ajoelhasse. Uma criança começou a chorar. Nesse momento olhei para dentro do carro. O velho estava com o rosto grudado no vidro embaçado devido a sua respiração, observando a cena sem conseguir escutar nada. Estava mais pálido e seus lábios tremiam. Quando eu me virei para a casa novamente, Ivan saía empurrando um homem de meia-idade, calvo, muito alto e muito magro que parecia ter um sangramento na testa escorrendo na direção da sua boca. Logo depois surgiu Carlos com uma mulher baixa e loira que carregava uma criança de cinco ou seis anos de idade. Todos os três estavam com roupas de dormir. Todos os três estavam com os braços amarrados pela corda, inclusive a criança. Nesse momento o velho começou a urrar dentro do carro e a dar cabeçadas no vidro. Corri e apontei a arma na direção do seu rosto, encostando o cano do revólver no vidro, sem muita convicção e com as mãos tremendo. Ele parou de dar cabeçadas no vidro e ficou me olhando. Depois de alguns segundos parado ele começou a chorar com lágrimas grossas que escorriam do seu rosto nas três vezes em que ele piscou enquanto o observava. Carlos gritou no meio do terreno:

— O velho já está chorando, Leno?

Fiquei sem saber o que responder e apenas fiquei olhando para ele e Ivan, que segurava agora o que parecia ser uma lata de gasolina ou querosene. Entre os dois estavam os três sequestrados, de joelhos.

Carlos gritou novamente a mesma pergunta e eu não consegui responder, como se não conseguisse pensar ou falar naquele momento.

— O velho já está chorando, Leno?

— Sim, Carlos, ele está chorando. Chorando e gritando.

— Por que o Leno não responde, Iara?

— Ele está cuidado do velho.

— Mande o Leno não tapar o campo de visão do velho. Mande ele ficar um pouco distante da janela.

— Você escutou, Leno?

Fiz que sim com a cabeça na direção de Iara, que me olhava com a cara fechada enquanto abraçava Nilda, que chorava e soluçava. Dei três passos para trás e fiquei encostado na porta do passageiro, ainda posicionando a arma na direção do vidro e tendo uma visão parcial da cabeça do velho.

Carlos mandou que os três se abraçassem enquanto dava a ordem para Ivan despejar a gasolina. O homem, a mulher e a criança começaram a chorar enquanto a gasolina dourada escorria por seus corpos e brilhava no meio do terreno, iluminada pelos holofotes. Carlos acendeu um fósforo e jogou na direção da cabeça do homem. O fogo se alastrou azul, depois vermelho e subiu pelos três corpos em labaredas douradas até se tornar completamente amarelo. Os três gritaram nos primeiros dez segundos e depois se calaram. Nenhum deles se mexeu ou saiu do lugar, continuaram imóveis e abraçados até o momento em que o fogo tornou os três uma massa escura e disforme que acabou se inclinando lentamente até tocar o chão. Ivan e Carlos continuaram pertos e observaram a cena toda sem olhar para nós. Uma fumaça preta que saia dos corpos começou a subir o terreno com a mudança repentina do vento. Passou o portão e chegou à estrada lentamente como se fosse uma névoa no início da manhã. Logo chegou até mim e ao carro. Um cheiro de carne podre e queimada envolveu meu rosto e me sufocou, cobrindo todo o carro e as cercas ao meu redor. Escutei Carlos gritando algo para Iara e logo depois ela surgiu ao meu lado. Pegou o revólver da minha mão enquanto eu tossia e olhou para dentro do carro.

— Ele está apenas chorando, Carlos. Chorando e soluçando. O Leno que está tossindo.

— Ajude o Leno e vigie o velho que já estamos subindo.

Percebi as mãos macias e firmes de Iara me conduzir para longe do carro até que eu esbarrasse em Nilda, que me abraçou e começou a chorar no meu ombro.

— Vocês dois fiquem aí que eu vou vigiar o velho. Fiquem abraçados e não se mexam.

Fiquei respirando o perfume bom e doce que se desprendia do cabelo de Nilda enquanto sentia a sua pele macia. Suas lágrimas escorriam como as do velho e molhava minha camisa. A fumaça se dispersou ao nosso redor. Escutei passos ao meu lado. Abri os olhos. Eu e Nilda estávamos dez passos distantes do carro. Carlos e Ivan se aproximavam do carro e de Iara que apontava sem muito jeito na direção do banco de trás. O velho parecia estar deitado porque não era possível vê-lo. Carlos se aproximou de Iara e pegou o revólver da mão dela. Ivan ainda carregava a lata de gasolina e a barra de ferro. Os dois se aproximaram do vidro e olharam para dentro. Depois se afastaram e deram sorrisos satisfeitos. Iara parecia séria e sem jeito. Atrás deles e do carro a fumaça que me envolveu se arrastava no meio da estrada e sumia na escuridão. Girei um pouco a cabeça na direção da casa. Bem no meio do terreno os corpos da família ainda chamuscavam em pequenos fogos, enquanto o tamanho da massa escura havia diminuído. Entre os pequenos fogos se conseguia ver os pequenos sinais brancos dos ossos e da gordura. Ao redor da massa humana, um pedaço do gramado havia pegado fogo. Olhei mais para cima. Chamas e fumaça saiam da janela do segundo andar. No primeiro andar, depois da porta aberta, o fogo se alastrava no que parecia ser um sofá ou uma cadeira grande de madeira.

— Vocês dois, retornem para o carro.

Assim que ouviu a ordem de Carlos, Nilda me largou e correu para dentro do carro. Tossi uma ou duas vezes e caminhei sem pressa e zonzo até chegar próximo de Carlos.

— Bom trabalho, Leno. Se não fosse o vento ter empurrado a fumaça na direção da estrada, tudo seria perfeito. Parabéns.

Não soube o que responder e apenas fiquei calado. Carlos sorria como eu nunca havia visto. Um sorriso de satisfação plena e perfeita, como se tivesse finalmente alcançado algo há muito tempo desejado e estivesse saboreando cada segundo, cada respirar, cada movimento que seu corpo poderia fazer. Parecia que flutuava diante de mim.

— Vamos, meu amigo, vamos. Estamos quase no fim. E precisamos de você.

Falou isso e me empurrou levemente na direção da porta do motorista. Eu não respondi nada e nem olhei para o seu rosto. Apenas entrei no carro que mantinha ainda restos da fumaça dos corpos e me calei. Tossi duas vezes enquanto acompanhava Carlos e Ivan ajeitarem o velho para que os dois pudessem sentar no banco de trás. O velho ainda chorava e olhava para fora, na direção da casa, com seus olhos estranhamente brilhando na escuridão. Ao meu lado Nilda continuava chorando e Iara alisava seus cabelos.

Enquanto manobrava o carro, diversas vezes para que voltássemos de frente pela estrada, o telhado da casa caiu. O fogo ficou submerso por alguns segundos e depois ressurgiu imenso e amarelo, se espalhando pelas paredes e parecendo maior, como se o espaço vazio o tivesse ampliado ou aumentado as suas chamas. Parei de manobrar o carro e fiquei observando os movimentos dos fogos. Depois de alguns segundos, Carlos mandou que eu dirigisse e esquecesse a casa.

— Teremos coisa melhor na frente, Leno. Mais fogos, casas maiores. Vamos logo.

Terminei de manobrar o carro. Passei a primeira marcha.

18.

Retornamos para ********** e almoçamos no mesmo restaurante diante do despenhadeiro. O mar estava baixo e as ondas batiam levemente nas pedras. Carlos passou o almoço inteiro debruçado sobre o que parecia ser a planta de uma cidade ou de uma casa. Marcava com uma caneta um círculo em um trecho e depois consultava o caderninho verde, o mesmo caderno que eu vi na casa das facas. Depois começou a conversar com Ivan e a mostrar os círculos na planta. Ivan parecia olhar para a planta e não entender nada. Carlos terminou as instruções e guardou o papel dentro do caderno preto onde parecia haver outras plantas, o mesmo caderno que Ivan carregava na casa das facas.

O velho passou o almoço inteiro olhando para o mar, sem se mexer ou falar nada. Seus olhos nem piscavam. A claridade tornava seu rosto mais branco, quase opaco. Ele parecia uma estátua sentada na cadeira, imóvel para sempre. Nem a sua respiração era perceptível. Ivan o segurava pelo braço e olhava para ele o tempo todo, mesmo no momento em que Carlos lhe mostrava as plantas. O velho não olhou para Ivan nem por um segundo. Nem para Ivan, nem para ninguém.

Iara e Nilda não falaram nada. Passaram o tempo todo olhando para o velho, Ivan ou Carlos. Pareciam tensas, mas não muito. Por algum motivo não me olharam. Ninguém, na verdade olhava para mim. Parecia que eu estava invisível.

Saímos do restaurante às três horas e fomos para um hotel. Esperava que saíssemos mais tarde, o que não aconteceu. Dormi em um quarto único, no final do corredor. Nilda e Iara dormiram em um quarto. Ivan, Carlos e o velho dormiram em outro.

Esperava escutar algum barulho, algum grito em uma língua estranha, um tapa ou um soco, ou um corpo caindo no chão e logo em seguida um choro lento e sufocado, cheio de dor e medo. Ou então que Iara, ou Nilda entrassem no quarto e me beijassem, apertassem meu corpo, me amassem. Mas nada disso aconteceu. Apenas o silêncio abafado, o frio e a escuridão. Tentei ficar acordado, mas acabei dormindo depois de três horas.

19.

Saímos de ********** antes do amanhecer.

— Não iremos muito longe, Leno. Está vendo **********? Iremos até esse trecho e depois entraremos nessa vila. Ela é pequena e com poucas ruas. Está vendo esse círculo maior? Ótimo. Nilda, Iara e o velho ficarão fora da vila, em um lugar seguro, aqui. Está vendo? Depois, eu, você e Ivan entraremos na vila e passaremos por todos esses círculos. Vamos pegar somente uma pessoa e sairemos da vila. Como não sei onde ela está exatamente, precisaremos procurar. E precisamos agir com rapidez, para não levantar suspeita. Entendeu?

— Sim.

— Alguma dúvida?

— Não.

— Vamos.

Meia hora depois chegamos ao trecho antes da vila. Paramos o carro e caminhamos por uma trilha aberta para tratores no meio das videiras. Depois de dez minutos chegamos a uma casa de madeira que servia de depósito para ferramentas. Carlos colocou algemas de perna nos tornozelos do velho e tapou a cabeça dele com um capuz preto. Com outro par de algemas, prendeu as algemas das mãos em uma barra de ferro que servia de suporte para enxadas.

— Vocês duas fiquem com ele. Não há perigo. Ninguém vai entrar na plantação e muito menos nesse depósito. Fiquem com o revólver.

Carlos passou o revólver para Nilda. Ela pegou o revólver sem jeito e olhou para Iara. Iara, sorrindo, pegou o revólver das mãos dela.

— Você tem certeza do revólver, Carlos? Talvez vocês precisem dele.

— Tenho certeza, Iara. Fiquem com ele.

Carlos olhava novamente as algemas quando o velho começou a falar algo em um tom de raiva, com a voz bem baixa, e tentou mexer as pernas. Ivan no mesmo instante deu um chute na sua barriga. O velho gritou e pareceu desmaiar. Quando o Ivan iria dar o segundo chute, Carlos o empurrou e pediu silêncio. Ficamos olhando o velho por alguns segundos até que ele voltou a se mexer, ajeitando as pernas para se sentar melhor e respirando com dificuldade embaixo do capuz.

— Vamos. Vocês duas se cuidem. E caso ele consiga se desvencilhar das algemas, atire. Atire nas pernas, nos joelhos, mas não o mate. Entenderam?

— Sim.

— Sim.

Saímos e voltamos correndo para o carro.

Pegamos novamente a estrada e chegamos até a vila que se estendia ao lado de um despenhadeiro, com casas coloridas coladas ao longo da encosta e redes de pesca para conserto, estendidas pelo chão. No mar os barcos formavam círculos de espumas alvas e os pescadores soltavam as redes.

— Temos que aproveitar que os pescadores estão no mar. Conseguem ver aquela casa azul na terceira viela? Vamos primeiro para aquela casa.

Saímos do carro e seguimos a pé por cerca de duzentos metros. Carlos olhava na direção do mar e dos barcos o tempo todo enquanto tropeçava nas pedras. Gotas grossas de suor escorriam pelo seu pescoço. Suas mãos tremiam. Ivan, pelo contrário, estava calmo e tranquilo.

Chegamos à casa azul. Carlos mandou que eu vigiasse a rua e qualquer coisa gritasse pelo seu nome. Seu rosto estava empapado de suor e seus olhos vermelhos. Eu disse que tudo bem e ele e Ivan entraram sem dificuldade pela porta da frente que estava aberta. Olhei para as outras casas e percebi que todas as portas estavam abertas. Um velho de bengala e boina saiu de uma casa branca e subiu a rua. Duas crianças surgiram chutando uma bola e entraram em uma casa vermelha. Uma mulher muito bonita, alta e magra, usando um vestido azul desceu a rua lentamente segurando um pacote e me cumprimentou sorrindo, antes de entrar na mesma casa em que o Carlos e o Ivan entraram. Silêncio. Algo dentro da casa caiu no chão e se espatifou. Alguém falou alto e pediu silêncio. Carlos e Ivan surgiram no corredor escuro da casa segurando a mulher pelo braço. Ela me olhou com a mesma expressão do velho quando o vi na estrada. Tinha os mesmos olhos e os mesmos traços que o pai. Os três passaram por mim e seguiram a rua. Carlos suava e Ivan parecia assustado. A mulher parecia procurar alguém enquanto andava. Olhava para as casas desviando dos corpos de Carlos e Ivan de forma bem discreta, inclinando o tronco para frente ou um pouco para trás, olhando para os lados por um ou dois segundos. Não suava e não parecia assustada, andando do mesmo modo. Ninguém apareceu.

Chegamos ao carro. Os três entraram na parte de trás. A mulher ficou entre os dois. Enquanto manobrava o carro, olhei para ela pelo espelho retrovisor por alguns segundos. Ela sorriu e piscou os dois olhos, uma expressão que me lembrou a de um adulto diante de uma criança que acha adorável. Fiquei sem jeito e sorri de volta rapidamente, com medo de que Carlos e Ivan vissem meu gesto. Mas nenhum dos dois viu nada. Carlos observava o mar e Ivan observava a mulher. Terminei de manobrar o carro e saí sem pressa, seguindo as ordens de Carlos. Dez minutos depois chegamos ao trecho antes da vila.

— Vocês dois fiquem aqui. Irei buscar o restante.

Carlos saiu do carro e sumiu no caminho entre os vinhedos. Ivan segurava a mulher pelo braço e olhava para ela como se a temesse. A mulher parecia calma e tranquila, com a mesma expressão no rosto, olhando sempre para frente e ignorando Ivan.

Depois de dez minutos, Carlos surgiu segurando o velho pelo braço, que ainda estava com a cabeça vendada e todas as algemas. Atrás deles Nilda e Iara, que segurava o revólver. Pensei que a mulher iria gritar ou chorar quando visse o seu pai, mas ela apenas virou a cabeça e suspirou como se esperasse vê-lo naquele estado.

Carlos me pediu as chaves do carro. Voltou para os fundos e abriu a porta-malas. Colocou o velho no bagageiro que resmungou algo e gritou de dor quando Carlos bateu a porta. Mandou as meninas entrarem e me devolveu as chaves. Entrou no carro e sentou ao lado da mulher.

— Vamos retornar para **********, Leno.

Carlos suava e suas mãos tremiam. Olhou para a mulher por alguns segundos e ela o ignorou como fez com o Ivan.

Liguei o carro e comecei a manobrar no espaço curto da estrada. Quando completei a manobra, a mulher me falou com um sotaque estranho:

— Dirija com cuidado, Lenito, por favor. Pelo meu pai.

Olhei para ela e ela sorria. Não respondi nada. Olhei para Carlos e Ivan e eles me encaravam. Evitei olhar para Nilda e Iara, que pareciam dar risadas abafadas.

Voltei a olhar para frente e abaixei a cabeça. Acelerei o carro, passei a marcha. Gotas de suor se espalharam pelo meu pescoço. Minhas mãos tremiam. Apertei com força o volante e acelerei o carro.

20.

Chegamos a ********** no entardecer.

E naquela noite mesmo, tudo aconteceu. E o que aconteceu foi exatamente o que eu imaginava enquanto dirigia o carro e via, cheio de horror, os olhares de Carlos e Ivan para a filha do velho, os olhares lascivos e ao mesmo tempo cheios de raiva e ódio.

Enquanto dirigia imaginei tudo. E tudo aconteceu como eu imaginei, aumentando a minha tristeza, horror e náusea, que eu comecei a sentir desde o momento em que percebi o que aconteceria a ela.

Poderia contar tudo o que aconteceu? Sim, eu poderia, mas não irei contar. E não irei contar por mim, por eles e por todos nós, que estamos envolvidos e fazemos parte de uma forma ou de outra de tudo o que aconteceu ao longo daquela viagem até aquele momento, até aquele terrível momento.

Somos cúmplices. Somos culpados e cúmplices de tudo que aconteceu a ela e todos os outros.

21.

Na manhã seguinte, Carlos me acordou de um sono que eu fingia que dormia e sentou transtornado na poltrona diante da minha cama. Suas mãos tremiam, gotas de suor escorriam pelo seu pescoço, olheiras fundas adornavam seus olhos. Fumava um cigarro atrás do outro. Tossi enjoado e evitei seu rosto enquanto me sentava na borda da cama, fingindo despertar de um bom sonho.

— Vamos para uma praia não muito distante daqui, Leno. Uma praia deserta. Vamos precisar de você para vigiar, para olhar as meninas, nada de difícil. Entendeu?

— Sim.

— Dormiu bem?

— Sim.

— Você tem meia hora. Espero você no carro.

— Tudo bem.

— Quer me perguntar algo?

— Não.

— Tudo bem, então. Espero você no carro.

Depois saiu se arrastando do quarto, com o tronco curvado como se carregasse algo pesado nas costas. Esperei ele fechar a porta e voltei a me deitar na cama. Meia hora depois estava dormindo.

Fui acordado com batidas na porta. Levantei da cama com um pulo e abri a porta com medo. Ivan parado no corredor, encostado na parede, me olhava do mesmo jeito que Carlos me olhava. Ao redor de seus olhos havia olheiras fundas e seu tronco também estava curvado. Ele parecia pior do que Carlos.

— Ainda dormindo, Leno? Estamos esperando você desde a manhã.

— Que horas são?

— Três horas da tarde.

— Três horas da tarde?

— Sim. Por favor, se arrume rápido e desça. Carlos mandou.

— Ok, Ivan. Dois minutos.

— Não tenha pressa.

Fechei a porta e fiquei pensando enquanto me arrumava porque os dois vinham me tratando daquele jeito e não cheguei à conclusão alguma.

Dentro do carro todos me esperavam. O velho já estava na porta mala e a filha dele estava entre Carlos e Ivan no banco de trás. Evitei olhar para o rosto deles, inclusive o rosto da mulher. Liguei o carro, passei a marcha, fingi coçar o rosto e avancei pela cidade.

Saímos da cidade e avançamos por uma costa pedregosa até pararmos o carro. A única coisa mais próxima era um barracão abandonado de pescadores. Ao redor havia apenas a areia muito branca, pedras negras e restos de mato tostados pelo sol.

Carlos mandou que eu ficasse no carro junto com as meninas. Parei o carro no fim da estrada, antes do início dos barrancos pequenos de areia da praia. Carlos e Ivan saíram com a mulher e atravessaram a areia até chegarem próximo da água. Carlos e Ivan conversaram por um instante e fizeram gestos para a mulher. Ela se ajoelhou na areia e Carlos retornou sozinho para o carro. Pediu-me as chaves e abriu a porta mala. Retirou o velho e uma pá. Devolveu as chaves. Retornou para a praia. Colocou o velho ajoelhado ao lado da filha. Começou a cavar um buraco com a pá. Dez minutos depois, se cansou e pediu para Ivan cavar. Ivan cavou por vinte minutos e cansou. Bebeu água e descansou por cinco minutos enquanto Carlos cavava. Ivan voltou a cavar por vinte minutos e formou um buraco na altura da sua barriga. Quando terminou, jogou a pá para fora do buraco e tentou sair, sem conseguir devido à profundidade. Carlos, dando risada, o puxou pelos braços e ele saiu. Ambos se limparam da areia que havia grudado nas pernas e nos braços. Ficaram conversando por instantes e apontaram para a água do mar que estava quase chegando ao buraco. O mar crescia e as ondas se espalhavam formando longos trechos de espumas marrons. Apontaram para um ponto escuro à esquerda. Ivan saiu correndo e voltou com um tronco grosso e meio podre da metade de sua altura. Pegou a pá e cavou outro buraco por cinco minutos. Colocou o tronco no buraco e jogou areia no resto dos espaços vazios. Pisou na areia ao redor do tronco e o balançou para ver se estava firme. Carlos se aproximou do tronco e o balançou também. Falou algo para Ivan e começou a andar na direção do carro. Pediu-me as chaves da porta mala. Pegou cordas e me devolveu as chaves. Retornou para próximo de Ivan e lhe deu as cordas. Ivan pegou o velho e o amarrou no tronco. O velho ainda estava com o capuz e as algemas. Carlos observou os nós que Ivan deu na corda e retornou para próximo da mulher. Conversou com Ivan e apontou para o buraco e a areia que havia sido retirada. Ivan balançou a cabeça de forma positiva e pegou a pá. Jogou um pouco de areia que havia sido retirada para dentro do buraco novamente e chamou Carlos. Carlos observou dentro do buraco e fez um gesto de positivo com a mão. Depois se virou e apontou para a mulher. Ivan largou a pá, pegou a mulher e a colocou no buraco. A altura do buraco chegava aos seus ombros. Ivan pegou a pá e começou a jogar o restante da areia dentro do buraco. A mulher não reagiu ou tentou fugir, ficou completamente imóvel e não fez nenhum gesto. O seu rosto ficou virado para a praia. O seu cabelo muito loiro brilhava na luz vermelha do sol que se punha na linha do horizonte. A água do mar, em forma de espuma, chegou ao seu rosto. Ivan terminou de colocar areia dentro do buraco. O sol se pôs. Carlos com um gesto rápido retirou o capuz da cabeça do velho. O velho ficou olhando para frente e para os lados até focalizar a sua filha. Ivan e Carlos estavam imóveis ao lado do tronco, olhando para o rosto dele. O último segundo de luz sumiu. Escuridão.

— Liga os faróis, Leno.

— Não estou autorizado a ligar os faróis, Iara.

— Por quê?

— A bateria. A bateria está fraca.

— Imbecil. Como vamos voltar desse lugar então?

— Caso o Carlos autorize, eu ligo o farol. Não quero ficar responsável pela perda da bateria.

— Cagalhão de merda.

Silêncio. Liguei o farol. As ondas avançavam sobre a cabeça da mulher e ela se debatia tentando respirar. Os seus cabelos boiavam nas espumas que se espalhavam ao redor do buraco. O velho batia as pernas na areia e tentava se soltar do tronco. Parava por alguns segundos para chorar e depois voltava a se debater. Em cada lado do tronco Ivan e Carlos acompanhavam tudo com atenção, sem se mexerem e nem falarem nada.

O farol desligou.

Dei ignição no carro. O motor roncou e morreu. Dei ignição novamente. O motor roncou e bateu. Acelerei o carro com toda a força e parei. O motor sacolejou e ficou oscilando. Olhei para frente e Carlos corria na nossa direção.

— Desligue o carro, desligue o carro!

Desliguei o motor. Escuridão. Ficamos escutando seus passos pesados levantando areia e sua respiração cansada se aproximando. Parou e se apoiou na porta do carro. Ficou respirando ofegante. Seu rosto estava empapado em suor.

— Não ligue mais o carro. Estamos quase acabando na praia. Daqui a pouco saímos. Algum problema em ficar no escuro, Leno?

— Pergunte a Iara.

— Algum problema, Iara?

— Não, problema algum. A escuridão é melhor.

— Como assim?

— Na escuridão só vemos a escuridão. É melhor.

— Não entendi nada. Você entendeu alguma coisa, Leno?

— Não.

— E você, Nilda?

Nilda não respondeu. Carlos se inclinou para dentro do carro e olhou para a parte dos fundos. Senti gotas de seu suor caindo sobre os meus braços e senti nojo. Voltou a se apoiar na porta. Respirou. Saiu de perto do carro e ficou olhando na direção da praia.

— Não saiam do carro. Daqui a pouco voltamos.

Carlos começou a caminhar e apenas a sua silhueta ficou visível por um tempo, até seus passos e ele sumir dentro da escuridão.

Silêncio. Escutei barulho de choro atrás de mim. Tentei ver algo pelo retrovisor interno e vi apenas silhuetas, duas sombras quase imóveis na escuridão. Na minha frente mais escuridão. O vento ficou mais forte. A areia da praia começou a ser erguida pelo vento. Depois de dez minutos uma camada fina se formou sobre o capô. Senti frio. Fechei a janela. Nilda ou Iara tossiram. Eu tossi. O vento ficou fraco novamente. Senti calor. Abri a janela. Passos e um barulho semelhante a correntes surgiram. Silhuetas pela escuridão a dez ou vinte metros do carro. Carlos surgiu na frente, seguido por Ivan e o velho. O velho estava de capuz e caminhava com dificuldade. As calças dos três estavam molhadas na altura dos joelhos. Carlos me pediu as chaves. Abriu a porta mala e colocou o velho. Sentou no banco do carona enquanto Ivan sentou no banco de trás. Devolveu-me as chaves.

— Vamos, Leno. Acabamos aqui. Pode ligar o carro.

Dei ignição no carro. O motor roncou e pegou. Manobrei com dificuldade. O vento contrário retirou a areia do capô. Uma nuvem branca se formou no lado direito do carro, sumindo na escuridão depois de alguns segundos. Lentamente o barulho das ondas do mar foram sumindo. Avançamos na escuridão. Alguém tossiu. Um leve barulho de correntes. Pedrinhas batiam no fundo do carro. O vento ficou mais forte.

banco do carona enquanto Ivan sentou no banco de trás. Devolveu-me as chaves.

— Vamos, Leno. Acabamos aqui. Pode ligar o carro.

Dei ignição no carro. O motor roncou e pegou. Manobrei com dificuldade. O vento contrário retirou a areia do capô. Uma nuvem branca se formou no lado direito do carro, sumindo na escuridão depois de alguns segundos. Lentamente o barulho das ondas do mar foram sumindo. Avançamos na escuridão. Alguém tossiu. Um leve barulho de correntes. Pedrinhas batiam no fundo do carro. O vento ficou mais forte.

22.

Ao contrário do que eu esperava não retornamos para **********. Seguimos pela costa pedregosa até o amanhecer. Chegamos a um promontório que dava para uma enseada, com uma praia deserta cercada por uma floresta pequena e fechada. O sol estava forte e o céu limpo. Na praia, ondas fracas quebravam na areia alva, sem uma mancha ou sujeira. Ao redor não havia casas, barcos ou qualquer pessoa.

— Belo lugar.

Iara falou assim que saiu do carro. Nilda e o restante não falaram nada. Retiramos o velho da porta mala e começamos a descer o caminho aberto entre as pedras negras. Dez minutos depois chegamos à praia.

Sentamos na areia e ficamos olhando para a água azul, transparente. Mais distante, na linha do horizonte, a água se tornava esverdeada, formando dois tons de cores. O vento leste estava morno e constante.

— Vamos tomar banho, Iara?

— Vamos.

Nilda e Iara tiraram toda a roupa e entraram na água. Começaram a dar pulos na água e a mergulhar, nadando até o fundo e retornando. As duas sorriam e se abraçavam. Depois começaram a boiar e deixaram a correnteza fraca levar seus corpos mais para esquerda da praia. Voltaram nadando lentamente para o trecho em que estávamos e voltaram a boiar.

O velho estava sem a venda e olhava para tudo com lágrimas nos olhos como se recordasse algo. Parou por um instante e ficou olhando apenas para o canto mais à direita da praia. Havia uma pedra grande e quadrada na altura do chão que parecia ter sido polida pela água. As ondas batiam na pedra e deslizavam por ela, caindo no outro lado, formando uma espécie de altar de superfície quase lisa e reta.

Ivan e Carlos observavam o velho o tempo todo, esquecendo de Nilda e Iara que pareciam querer chamar a atenção dos dois. Depois de boiar começaram a cantar e a pular na água.

Meio-dia Ivan foi até o carro e voltou com frutas, pães e água enrolados em uma toalha. Estendemos a toalha na areia e comemos. Meia hora depois disse a Carlos que iria dormir um pouco. Caminhei até o início da floresta onde havia uma clareira entre as árvores. Pelo chão havia manchas de sol esparsas que as folhas dos galhos não bloqueavam. Procurei uma árvore onde havia menos manchas e deitei ao lado de um tronco. Dormi sem perceber, enquanto observava as oscilações das manchas e borboletas brancas voando entre as sombras.

Acordei com gritos de Nilda, Iara e do velho. Levantei ainda com sono e sem enxergar direito. Minhas costas doíam e minhas mãos formigavam. Caminhei tropeçando entre as raízes das árvores e a areia da praia até conseguir ver vultos na claridade. Fiz sombra com a mão direita para o meu rosto e enxerguei Nilda e Iara sentadas na areia, abraçadas e chorando. Olhei mais para a esquerda e vi ao lado da pedra que lembrava um altar o velho ajoelhado, gemendo de dor, enquanto Carlos segurava a sua cabeça. Ivan estava diante do velho e parecia empurrar algo no seu rosto, como se forçasse ele a comer ou a cheirar algo. O velho gritava e Carlos o segurava. Segundos depois Ivan se afastou com dois passos para trás e ergueu o braço direito, olhando para Carlos. Entre os seus dedos cheios de sangue estava o olho esquerdo do velho. Na sua mão direita, também ensanguentada, estava um alicate pequeno e enferrujado. O velho no mesmo momento desmaiou. Carlos segurou a sua cabeça e o apoiou na pedra. Retirou um pedaço de pano do bolso, despejou álcool e colocou sobre o rosto do velho. Pegou um lenço do bolso e recolheu o olho que estava com Ivan. O observou por alguns segundos e depois o colocou sobre o lenço, junto com o olho direito do velho, que havia sido arrancado primeiro. Ficou observando ambos deslizando sobre o lenço e pareceu sorrir, mas não tenho certeza disso. Depois dobrou o lenço e colocou-o novamente dentro do bolso. Enquanto isso Ivan havia entrado no mar e lavava as mãos e o alicate. As ondas espalharam espumas vermelhas pela praia. O sangue muito vermelho grudou na areia seca e branca. Ivan terminou de se limpar e se aproximou de Carlos, que alisava o pescoço do velho para checar sua pulsação. Depois colocou a mão sobre o nariz dele e sorriu quando Ivan perguntou se ele estava vivo. Ivan gesticulou algo e olhou na direção das meninas e depois na minha. Abaixei a cabeça e caminhei até ver a sombra única das meninas na areia. Sentei ao lado delas. Ambas não perceberam a minha presença, e se perceberam não deram importância. Nilda chorava e soluçava. Iara, estranhamente, também chorava baixinho enquanto alisava o cabelo de Nilda.

Fiquei olhando para o mar que havia crescido e evitei olhar na direção do altar de pedras. Apenas via vultos e as movimentações dos três. Iara levantou ao meu lado, segurando Nilda que ainda chorava.

— Leno, por favor, me ajude a levar Nilda para o carro.

Levantei e segurei um dos braços de Nilda, sem conseguir entender porque Iara falou com tanta educação. Subimos com dificuldade o caminho por entre as pedras e chegamos ao carro. Nilda e Iara sentaram atrás e dormiram imediatamente. Estava observando as nuvens de chuva que se formavam sobre o mar e se aproximavam para a costa quando os três surgiram. O velho ainda estava desmaiado e Ivan o carregava. Carlos me pediu as chaves e abriu a porta mala. Colocaram o velho ainda desmaiado. Ivan estava abrindo a porta quando Carlos mandou que ele fosse para frente. Ambos entraram e Carlos mandou que eu fosse pela costa até um ponto distante cerca de quarenta quilômetros.

— Quando surgir vários barcos destruídos em um estaleiro é o local.

Manobrei o carro. As primeiras gotas da chuva caíram grossas sobre a lataria do carro e as meninas despertaram. Pelo espelho retrovisor vi ambas se olharem e estranharem que Carlos estivesse no lugar de Ivan. Carlos sorriu para elas e as abraçou. Elas se assustaram um pouco e ficaram imóveis, sem saber como reagir. Mas depois de alguns segundos as duas o abraçaram e os três ficaram abraçados por cinco ou seis minutos. Pareciam ter conversado algo, ou Carlos disse algo para as duas. Quando se largaram, as duas pareciam mais calmas e Carlos mais tranquilo do que já estava. Ivan não viu nada. Observava o lado de fora.

A chuva ficou mais forte. Diminuí a marcha e liguei os faróis.

23.

Chegamos ao local onde o velho seria finalmente morto.

Após meia hora alcançamos outra enseada, onde barcos quase destruídos se espalhavam na praia ou dentro de um estaleiro também destruído.

Alguém disse, enquanto tirávamos o velho da porta mala e Carlos pegava uma lata de gasolina, que o lugar parecia um cemitério de barcos. Acho que foi a Nilda. Ou Iara. Talvez Ivan.

Enquanto descíamos da estrada por um trecho de pedras negras, igual ao trecho da praia anterior, pensei no que nos define, o que nos torna diferentes do resto de todas as outras coisas que nos cercam e não tem vida. Nosso sangue, nossos ossos, nossa pele, nossos movimentos e ações, nossos princípios e desejos. Completamente iguais às pedras negras, a areia se acumulando em um pedaço de solo, aos movimentos eternos das ondas sobre a praia, a madeira podre dos barcos boiando ao sabor das correntes que se formaram por acaso, por forças que jamais serão captadas ou entendidas.

Pensamentos estúpidos enquanto empurrávamos o velho para a morte, através do caminho entre as pedras. Talvez o único pensamento que tive ao longo de toda aquela viagem. Estupidez.

O que existiu de fato foi a morte do velho. Uma morte terrível em um lugar terrível. Assim que chegamos à praia começou a chover forte. Carlos mandou que fôssemos nos abrigar no estaleiro. Eu, Nilda e Iara corremos por entre os restos de cascos dos barcos enquanto Ivan, Carlos e o velho avançaram pela praia até próximo da água. Devido à chuva forte, que formava uma cortina de água ao sabor do vento, não conseguimos ver direito seus gestos. Apenas vimos o velho ser colocado em um pedaço de tábua larga com um pequeno mastro no centro. Ivan o amarrou com cordas ou soltou uma das algemas e prendeu o velho, colocando-o sentado na tábua com as costas apoiadas no mastro. Carlos ou Ivan retirou a venda sobre o seu rosto e despejou a gasolina. Os dois empurraram a tábua até a água e entraram no mar. Lentamente a tábua começou a ser levada pela correnteza para o fundo. Carlos acendeu o fósforo e jogou no colo do velho. Nesse momento o clarão surgiu e o velho juntamente com a tábua, pegaram fogo. Ivan e Carlos, com água na altura de suas barrigas, voltaram andando para a areia enquanto o velho tinha o seu grito abafado pela chuva.

A tábua avançou pela correnteza, batendo nos barcos até chegar a uma barreira de corais, onde ficou preso. O velho gritou por cinco minutos, um grito abafado pela chuva, e depois se calou. O fogo dourado e azul no início foi se tornando amarelo até a chama se apagar aos poucos, com pequenas fagulhas ainda a queimar mesmo com a chuva, as ondas e o vento.

O fogo se extinguiu completamente depois de vinte minutos. A tábua e o mastro resistiram e continuaram sustentando o corpo do velho, que havia se tornado uma massa escura, compacta e pequena. O mar cresceu e o trecho dos corais foi coberto de água. A tábua começou a rodar e foi empurrada para a parte de cima dos corais. Deslizou por entre as espumas e alcançou o outro lado da barreira. Lentamente a correnteza começou a levar a tábua para dentro do mar. Entre a cortina de água da chuva vimos a tábua como um quadrado escuro e disforme, rodando e rodando, subindo e descendo pelas ondas, até sumir em um trecho impreciso.

Enquanto isso Carlos e Ivan acompanhavam tudo da areia, no mesmo local em que o velho foi amarrado. Somente quando ele sumiu no mar, os dois caminharam até o estaleiro. Caminharam lentamente pela areia, como se estivessem passeando no meio da chuva e do vento que parecia querer derrubá-los. Seus corpos estavam curvados e seus passos cheios de peso. Entraram no estaleiro e não olharam para nós. Procuraram um canto mais afastado e escuro, nos fundos, e sentaram sobre restos de madeiras. Nilda e Iara não falaram nada. Apenas ficaram abraçadas observando a movimentação da chuva pelo vento. Fiquei sentado sobre uma tábua semelhante a que havia carregado o velho. A chuva ficou mais forte. Uma cortina espessa de água se formou e escondeu todos os barcos, todo o mar, toda a praia, tudo ao nosso redor. Quase ficamos completamente no escuro. Olhei para Nilda e Iara e quase não conseguia vê-las. Apenas uma silhueta robusta com uma cor branca ao redor. Uma mancha indefinida, sem expressão. Olhei para trás, para onde Carlos e Ivan estavam sentados. Apenas escuridão. Uma escuridão úmida e fechada, onde não havia nenhum raio de luz ou brilho, ou qualquer reflexo. Os dois estavam ali dentro, completamente dentro da escuridão, imersos nela.

Sem saber o porquê senti sono, muito sono. Deitei sobre a tábua e dormi escutando o barulho bom da chuva sobre as telhas do estaleiro.

Quando acordei o tempo não parecia ter passado. Nilda e Iara estavam na mesma posição e lugar. Carlos e Ivan ainda estavam ocultos nos fundos do estaleiro. Senti meu corpo dormente e dolorido, sinal de que dormi por muito tempo. Na parte de fora a chuva continuava com a mesma intensidade. Apenas a claridade havia diminuído e a escuridão era maior.

Dez minutos depois Carlos e Ivan saíram dos fundos e se aproximaram de Nilda e Iara. Conversaram com as duas e depois Carlos se aproximou de mim.

— Vamos ter que voltar nessa chuva mesmo, Leno. Você consegue dirigir?

— Sim.

— Vamos até ********** pegar as malas. Depois partimos de volta para o ******.

— Para o ******?

— Sim. A viagem acabou.

— E o retorno?

— Como assim o retorno?

— Voltamos pelo mesmo caminho?

— Não, não há motivo. Já acabamos com tudo. Não há mais nada. Vamos direto para o ****** com o mínimo de paradas. Pelos meus cálculos, em dois dias chegamos à fronteira. Depois partimos direto para nossa cidade.

— E depois?

— Como assim depois?

— Depois que tudo acabar.

— Não entendi... Como assim tudo acabar?

— Deixa pra lá...

— Desculpe Leno, estou cansado... Explique melhor, não estou entendendo.

— Deixa pra lá.

Carlos ficou ainda alguns segundos me olhando e depois se afastou. De fato, parecia cansado. Na verdade, parecia oco, vazio, e não cansado.

Saímos correndo na chuva antes que escurecesse completamente.

Dirigi o resto da tarde e chegamos a ********** no anoitecer.

Cada um foi para o seu quarto no hotel. Ninguém falou nada.

Um vento frio soprava. Silêncio. Dentro da escuridão dormi rapidamente.

E sonhei por toda a noite com crianças mortas, pessoas sem rostos, afogadas e peças de xadrez brilhando ao sol.

24.

Saímos do ***** ainda pela manhã. Não passamos por ******** como eu esperava. Carlos me mostrou os caminhos no mapa e disse para que eu continuasse sempre em linha reta.

Seguimos em linha reta e cruzamos a ********* ao longo de um dia. Chegamos a ****** ***** e dormimos em um hotel. Ao contrário da vinda, resolvemos atravessar o canal que divide a ********* e o *******, ao invés de contorná-lo. Ao meio-dia entramos em ********** e partimos. Cinco horas depois estávamos na fronteira e avançamos pelo ******. Dormimos em ********, ******. Logo pela manhã partimos. No final do dia chegamos a ********, *****.

Somente quando cheguei à casa de Carlos e Ivan percebi que o trajeto de retorno foi quase o mesmo da ida. Apenas os dias parados e alguns poucos desvios foram diferentes.

Praticamente não conversamos ao longo dos três dias de viajem. Na verdade, lembro somente das estradas, do asfalto, das minhas mãos segurando o volante, de bois pastando, da chuva e do sol em algumas cidades pequenas ou grandes, do barulho do motor do carro.

Logo no dia seguinte o motor do carro fundiu quando Carlos tentou ligar. O carro havia ficado com ele. Eu dormi em casa.

Depois de desarrumar a mala, dormi por três dias.

Não conseguia nem pensar direito. Areia, madeira, fogos e restos de poças da chuva eram o que restava na minha mente quando acordava e percebia que estava no meu quarto.

E gostaria de ter podido dormir eternamente, porque assim não teria visto o que vi.

Novamente pessoas mortas, sangue, loucura e afogamentos. Novamente e novamente.

Mas vamos a eles. Não vamos fugir. Vamos a eles. Vamos novamente.

— O Final. —

0.

Fiquei afastado de todos os quatro por um bom tempo. Tirando uma visita rápida de Carlos ainda na primeira semana, para me devolver uma calça e uma blusa que ficaram no meio das coisas dele, os vi somente depois de três meses. Ou seria quatro? Não me lembro direito. Talvez cinco meses. Não sei.

Depois de tantos dias de viajem permaneci por uma semana praticamente dentro do meu quarto, sem sair para nada, tentando absorver e analisar tudo que aconteceu. A peça de xadrez do primeiro velho morto e a foto da mulher com a criança ficou sobre a minha mesa de trabalho como se estivessem ali desde que nasci, como se fossem mais velhas que eu, como se tivessem vindo de uma época remota e tivessem um grau de importância e valor simbólico que não conseguia definir e entender.

Fiquei olhando para essas peças por uma semana, por horas, durante o dia e a noite.

Na segunda semana queimei a peça de xadrez e a foto em um terreno baldio próximo da represa. O plástico da peça de xadrez e a foto se misturaram, tornando-se um pedaço meio cinza e preto cheio de areia e terra. No meio da grama queimada ficou parecendo uma pedra invisível, uma pedra que ninguém notaria e levaria para casa, uma pedra que não machucaria ninguém ou faria alguém tropeçar e cair no chão. Um pequeno nada perdido em um nada maior.

Após isso, passei a procurar o livro que havia visto no hospício antes da fronteira do *******. Procurei em várias livrarias, sebos, bibliotecas e não o encontrei. Achei livros com o mesmo título, mas que não era da mesma edição que havia visto nas mãos do homem. Um desses livros era de crônicas sobre o *** ** ******* da década de sessenta, escrito por ***** *****. Um bom livro, um bom autor, mas tenho certeza absoluta que não era o autor e o livro que procurava.

Depois de três semanas deixei de procurar o maldito livro por cansaço, irritação e raiva. Dormi por três dias para esquecer o assunto. E não o esqueci.

Nove meses após (ou seria dez? doze?), andando pelo centro de ********, e novamente procurando pelo livro, passei por uma praça onde havia mesas de xadrez. Imediatamente reconheci Carlos, com o rosto transtornado de quem perdia todo o dinheiro que tinha e não tinha. Dei meia volta e tentei fugir por uma rua apertada, cheia de barracas de couro, quando escutei a voz dele gritando o meu nome e seus passos que se aproximavam. Ele me abraçou e sorriu para mim. Estava mais magro e mais doente. Todo o seu rosto suava. Senti um frio percorrer meu corpo apesar do sol grande, branco e brilhante que queimava o meu rosto, o couro das barracas, a cidade inteira, o mundo inteiro.

— Que saudade de você, Leno. Como você está? Tudo bem?

1.

E imediatamente ele começou a me contar tudo que havia acontecido com Ivan, Iara e Nilda durante todo aquele tempo. Falou um pouco de si mesmo, escondendo praticamente tudo, mas falou.

Conversamos durante todo o dia e avançamos pela noite. Retornando para casa de ônibus, chorei. O cobrador de ônibus percebeu e riu da minha cara sem o menor constrangimento. Continuei chorando sem o menor constrangimento, mesmo que o cobrador me observasse e risse.

Ao chegar em casa, escondi o choro de meus pais que estavam na sala assistindo televisão. Voltei à chorar novamente quando entrei no quarto.

No outro dia fui visitar a Nilda.

1.

E imediatamente ele começou a me contar tudo que havia acontecido com Ivan, Iaza e Nilda durante todo aquele tempo. Falou um pouco de si mesmo, escondendo praticamente tudo, mas falou...

Conversamos durante todo o dia e avançamos pela noite. Retornando para casa de ônibus chorei. O cobrador de ônibus percebeu e riu da minha cara sem o menor constrangimento. Continuei chorando sem o menor constrangimento, mesmo que o cobrador me observasse e risse.

Ao chegar em casa, escondi o choro de meus pais que estavam na sala assistindo televisão. Voltei a chorar novamente quando entrei no quarto.

No outro dia fui visitar a Nilda.

2.

Assim que entrei no hospício enxerguei a Nilda sentada no pátio entre os outros loucos. Coçava o cabelo bagunçado e olhava para o céu. Estava suja e parecia dopada. Uma assistente assim que me viu se aproximou.

— O senhor é o Leno Maria? Prazer, meu nome é Amparo. O senhor Carlos me disse que você viria. Por favor, me siga.

Segui a mulher cheio de medo por corredores cobertos de mosaicos e pinturas feitas pelos loucos. Na sala, a assistente me mostrou alguns desenhos de Nilda.

— É importante que parentes ou amigos a visitem, tentem conversar com ela.

— O que aconteceu com ela?

— Uma depressão associada a um surto psicótico. Não foi algo repentino, a doença se desenvolveu ao longo dos anos. Toda doença mental é assim.

— Há um ano ela fez uma viagem bem estressante.

— A viagem talvez tenha desencadeado o surto. Às vezes ela fala sobre uma viagem.

— O que ela fala?

— Sobre velhos mortos sendo queimados, velhos pegando fogo durante uma tempestade, alucinações com pessoas de idade e fogos. Você tem alguma informação sobre essa viagem?

— Não. Não tenho informação alguma.

— Nada?

— Nada. Apenas sei que ela viajou e que foi muito estressante.

A assistente parecia calma e tranquila, cercada de uma estranha paz. Tinha um rosto angelical e puro. Fiquei olhando para ela e pensando como seria bom casar e ter filhos com aquela mulher, que parecia se desvanecer no tempo. No mesmo instante senti que enlouquecia. Fiquei bastante tonto, mas consegui me controlar. A mulher não percebeu nada. Remexeu em alguns papéis e pediu que a seguisse. Saímos da sala e retornamos para o pátio.

Nilda estava sozinha em um canto do pátio, sentada no chão. Os outros loucos haviam se dispersado pela outra ala. Chegamos um pouco próximo e ficamos à meia distância. Ela olhou para mim e pareceu não me reconhecer. Pelos braços e pernas havia feridas que ela coçava constantemente. Fedia à urina e fezes. Havia manchas amareladas e marrons pelo seu macacão.

Olhei para os lados e a assistente havia sumido. Na verdade, parecia que o local inteiro esvaziará e o silêncio se estendeu por todo o hospício. Nem a minha respiração eu conseguia escutar. Fiquei com medo. Minhas mãos suavam. Senti sono e tontura. Pisquei os olhos e percebi Nilda me encarando, na mesma posição que estava desde o momento que me aproximei. Seus olhos estavam turvos e esbranquiçados. Parecia me olhar como se estivesse diante de uma paisagem muito ampla e observasse com muita atenção algo distante, minúsculo, no fim da paisagem. Seus olhos não piscavam e seu corpo não tinha movimentos. Parecia que nem mesmo respirava. Parecia um pedaço de madeira ou de pedra. Uma chama cercada de areia e mato seco. Uma gota de gasolina sobre o asfalto. Nilda parecia a nossa viagem. O resultado da viagem.

Desviei os olhos dela e abaixei a cabeça. Senti enjoo. Mais tontura. Tomei um susto quando a assistente tocou meu ombro.

— O horário de visita está acabando. Precisamos ir.

Virei-me sem querer olhar para Nilda e segui a assistente. O barulho dos internos voltaram. Alguns passaram por mim e não pareciam estar no mesmo estado de Nilda. Alguns até pareciam bem saudáveis, apenas com uma aparência cansada. Estavam limpos e arrumados, andando normalmente pelo pátio e conversando com os assistentes.

— Como vão as crianças?

— Crianças? Que crianças?

— Os filhos de Nilda. Ela os teve aqui.

— Filhos?

— Sim, filhos. Quando ela foi internada estava grávida de 28 semanas. Dois meses depois ela deu à luz a duas meninas.

— Duas meninas?

— Gêmeas. Duas semanas depois a irmã dela as levou.

— Iara? Vocês entregaram as crianças para Iara?

— Sim. Ela tinha todos os papéis, estava acompanhada por um advogado. Não temos como cuidar de crianças.

Senti vertigem.

— Apenas achei estranho que ela me pediu segredo.

— Como assim segredo?

— Pediu que não contasse a ninguém sobre o paradeiro das crianças. Até ofereceu dinheiro para mentir caso aparecesse alguém perguntando sobre elas.

— Você aceitou o dinheiro?

— Não, não aceitei.

Chegamos ao portão de entrada.

— Mais alguém apareceu por aqui para visitá-la?

— Não. Apenas você e a irmã.

Passei o portão e ela o fechou. Apertei sua mão por entre as grades e agradeci pela atenção.

— Você é o pai?

— Como?

— Você é o pai das crianças?

— Não. Não sou. Por que a pergunta?

— Seus olhos são parecidos com os olhos das crianças. E a boca também.

Sorrindo, a assistente se virou e voltou para dentro do hospício, sumindo na escuridão.

3.

Um mês depois voltei ao hospício e peguei o endereço de Iara com a assistente.

Enquanto ela me dava o endereço parecia contente pela minha decisão. Escreveu e me passou o papel com rapidez, sorrindo e quase pulando da cadeira.

— Pensei que você nunca mais voltaria.

Perguntei por Nilda. Disse que Nilda estava muito irritada e sob medicação.

— Está no isolamento.

— Foi a minha visita?

— Não, ela tem essas crises desde que foi internada, não tem nada a ver com a sua visita. Não se preocupe.

— Alguém mais a visitou?

— Não.

— Nem a irmã?

— Muito menos.

Ela me acompanhou até o portão. Enquanto subia os degraus do ônibus, a assistente me observava por entre as grades do muro. Quando eu passava pela catraca, um guarda se aproximou dela e sussurrou em seu ouvido, segurando seu braço. Ela fez uma cara de medo e se desvencilhou dele, correndo para dentro do hospício e sumindo na escuridão. Com o ônibus em movimento o guarda me seguiu, percorrendo a grade do muro com passos rápidos. Na esquina da rua o ônibus parou devido ao trânsito engarrafado. O guarda também parou e ficou me observando. Pelo vidro da janela não dava para ver seu rosto inteiramente, apenas um vulto embaçado. Parecia ter certa idade, talvez sessenta ou setenta e cinco anos. O ônibus voltou a andar e o guarda voltou a percorrer a grade. O ônibus dobrou a esquina e ele parou na ponta do muro do hospício, segurando a grade e colocando a cabeça entre as barras de ferro para que pudesse me enxergar. O ônibus, lentamente, avançou pela rua até dobrar outra esquina. Enquanto o ônibus fazia a curva, ainda vi o vulto do guarda, imóvel e segurando a grade de ferro, tentando me enxergar. O ônibus avançou e não pude mais vê-lo.

4.

A princípio, pensei que o endereço de Iara seria da mansão que Carlos me levou logo depois do afogamento, onde, pelo que pude perceber, os quatro primos viviam juntos.

A casa de Iara ficava no subúrbio de ********, na ****** *****. Havia uma pequena varanda na frente recoberta de azulejos azuis e um jardim gramado. Um portão pequeno e branco, e outro maior para a garagem, também pintado de branco. As paredes eram vermelhas e as janelas com pequenos vidros embutidos nos altos dos caixilhos, eram pintadas de azul. A porta também era azul.

Todas as casas eram parecidas. A rua era tranquila, ensolarada e cheia de árvores.

Gritei e ninguém me atendeu. Gritei novamente. Entrei pelo portão da garagem. Segui pela lateral da casa. Antes de chegar no fundo, vi brinquedos espalhados pelo chão, entre cacos de plantas. Chamei Iara novamente. Nada. Parei. Chamei novamente. Segui andando.

As duas meninas estavam sentadas sobre um pano branco estendido no chão ladrilhado, brincando com pecinhas de montar. Elas não me perceberam e continuaram brincando. Ao redor das duas havia mais plantas espalhadas pelo chão. Roupas recém lavadas pingavam de um varal. Dentro de uma pia havia mais roupas que espalhavam o cheiro de sabão em pó e amaciante pelo pátio. Uma árvore de outra casa formava uma sombra quase circular sobre as crianças e o muro. Quando ventava, manchas de sol se formavam rapidamente sobre as meninas e elas se assustavam, apertavam os olhos e erguiam os braços. Quando o vento parava, elas voltavam a brincar.

Fiquei observando as duas, respirando o cheiro doce que saia das roupas, recostado sobre a parede fria sem conseguir pensar em mais nada. Até que uma panela de pressão chiou na cozinha e depois de alguns segundos a Iara apareceu.

Parecia cansada. Olheiras, o cabelo bagunçado e as roupas manchadas. Tinha os mesmos olhos de Nilda, vazios e distantes. Ficou me observando por alguns segundos até sorrir envergonhada, abaixando a cabeça depois de me reconhecer.

— Quanto tempo, Leno. Como vai você?

— Vou bem. E você?

— Cansada, muito cansada.

Saí da parede e caminhei até ela, estendendo a mão para cumprimentá-la. Ela ao invés de apertar minha mão me abraçou com força. E depois de alguns segundos me deu um beijo demorado embaixo da orelha, entre a bochecha e o pescoço. Depois se desvencilhou com rapidez e correu para a pia. Pegou uma peça de roupa e começou a lavá-la. Fiquei parado, sem entender. Ela se virou e sorriu para mim com os olhos arregalados.

— Sente um pouco, Leno. Daqui a pouco eu acabo aqui.

Ainda assustado caminhei até um banco plástico que havia entre os cacos de plantas, encostado no muro. Iara esfregava as roupas com força, erguia e depois jogava as peças sobre a pia. As espumas de sabão transbordavam e caiam no chão. Algumas viravam bolhas que voavam próximo de mim e das meninas, que tentavam pegá-las antes que estourassem. Iara pareceu ter me esquecido e começou a cantar baixinho uma música que não consegui entender a letra, enquanto mais espumas transbordavam e as bolhas de sabão voavam ao redor da sua cabeça. Algumas bolhas maiores brilhavam em azul e roxo quando voavam na faixa de sol, formando pequenas gotículas prateadas imersas em uma nuvem de vapor quando estouravam. Uma dessas bolhas rodopiou sobre a cabeça de Iara e começou a descer lentamente em ziguezague na minha direção, pousando sem estourar sobre o meu joelho direito. Uma das crianças viu a bolha e engatinhou até bater em minhas pernas, colocando uma das mãos sobre meu sapato e olhando para cima. Peguei a menina e coloquei no colo. Ela estendeu o braço para a bolha e a estourou, apertando os dedos e rindo enquanto a nuvem de vapor e as gotículas brilhavam, caindo sobre seu rosto e minha perna. Sorri e comecei a enxugar seu rosto com o dedo. O vento balançou a árvore e o sol tocou seu rosto. Seus olhos verdes brilharam, a boca fez um bico na direção da árvore enquanto o tufo de cabelo preto no alto da cabeça balançava para cima e para baixo. O vento parou e a sombra da árvore voltou a nos cobrir. Ela ergueu os braços e bocejou, inclinando a cabeça e o resto do corpo para meus ombros. Abracei-a e comecei a niná-la. Senti cheiro de leite e talco. Depois de alguns segundos ela dormiu.

A outra criança não se aproximou de mim e continuou brincando, quase fazendo um círculo perfeito com as peças de montar. Sem perceber ergui a cabeça de forma distraída na direção de Iara. Ela estava imóvel, com os braços dentro da pia e apenas a cabeça virada na minha direção. Seus olhos estavam arregalados e vermelhos como se tivesse prestes a chorar ou houvesse chorado a pouco instantes, sem que eu tivesse percebido. Não sei porque, talvez por constrangimento, acabei sorrindo para ela, um sorriso de felicidade, apesar de não me lembrar exatamente o que eu sentia naquele momento. Talvez felicidade com medo ou apenas medo.

Iara no mesmo momento que viu meu sorriso saiu da pia com passos largos, com os braços ainda cheios de espumas, pegou a criança que estava no meu colo e entrou na cozinha. Depois retornou e pegou a criança que estava no chão, sem olhar no meu rosto em momento algum, apenas olhando para baixo. Bateu a porta da cozinha com força. Ainda escutei os passos firmes dela no chão, o ranger de outra porta e depois apenas o silêncio.

Sem entender nada fiquei imóvel, observando as espumas que Iara deixou se desfazendo sobre meu colo, o pano branco no chão, sobre as peças de montar das crianças.

Depois de alguns segundos, despertei com o barulho da água que transbordava e empurrava as espumas para fora da pia. Levantei e fechei a torneira.

E novamente fiquei imóvel, sem saber o que fazer ou o que pensar, apenas observando as espumas que caíam da pia e se espalhavam pelo chão chegando aos meus sapatos, espumas densas e alvas que brilhavam no sol.

Consegui me mover e andei até a parte da frente da casa. Fiquei parado na porta esperando escutar algum barulho. Nada, silêncio total. Bati o portão da garagem e caminhei até o ponto de ônibus. Enquanto esperava o ônibus as espumas que estavam nos meus sapatos e na barra da calça se desfaziam lentamente. Acompanhei cada bolha de sabão sumir e lamentei o cheiro de amaciante ser encoberto pelo cheiro de fumaça do trânsito. Quando as bolhas de sabão acabaram, restou apenas uma mancha de água que também sumiu. Entrei no ônibus quase chorando e parti.

5.

Fiquei sem entender a reação de Iara por dois dias. No terceiro dia, depois de sonhar com as duas meninas, consegui entender os gestos dela.

Entendi e no mesmo instante fiquei horrorizado, cheio de medo.

E diante de tanto medo acabei ficando em dúvida se interpretei corretamente a reação e os gestos de Iara. Mas, sim, eu estava correto, não havia dúvidas.

E diante desse medo acabei não retornando mas àquela casa, apesar de a todo instante lembrar das meninas quando sentia cheiro de roupa lavada exalando do quintal de alguma casa.

Para fugir desse medo e de Iara voltei a minha rotina.

Depois de passar uma manhã no sebo *******, na rua *****, e comprar dois livros de ****** e outro de ***** ****** que ainda não tinha lido, simplesmente encontrei Ivan caminhando na minha frente.

O reconheci pela altura e pelo tamanho do seu corpo. Usava barba e as roupas estavam sujas, com manchas amarelas. Ele também havia engordado.

Pensei em falar com ele, mas fiquei com medo e apenas o segui pela rua. Caminhava devagar e sem rumo aparente como se tivesse passeando. Atravessamos toda a avenida ****** ***** até chegarmos na praça do ***** ******, onde ele finalmente parou e se sentou em um banco próximo da entrada do ******** ** *******. Encostei em uma grade de proteção das fontes de água, distante cerca de vinte metros dele. Em menos de dois minutos, ele começou a gesticular e a falar sozinho como se estivesse brigando com alguém. Relaxou e ficou por alguns segundos respirando, piscando os olhos com os braços recolhidos. Depois começou a sorrir enquanto alisava a barba e erguia a perna direita como se tivesse chutando algo. Parou e relaxou, piscando os olhos e alisando a barba. Bocejou e parecia cochilar quando despertou e se levantou do banco, erguendo os braços para cima enquanto gargalhava de forma estridente, olhando para o céu e para o topo das árvores como se procurasse por algo que iria cair sobre ele ou estivesse acima dele. Pessoas que estavam caminhando olharam com medo para ele e se afastaram. Novamente, parou e relaxou, sentando no banco e cruzando os braços com a cabeça inclinada para frente enquanto piscava os olhos com rapidez parecendo querer cochilar. Uma mulher que caminhava e não viu Ivan em pé passou bem próximo a ele. Usava aquelas roupas de ginástica onde o corpo fica bem marcado. Ivan, assim que a viu, se levantou e meteu uma mão na sua buceta e outra na bunda ao mesmo tempo, como se quisesse prendê-la com os dois braços. A mulher tomou um susto tão grande que tropeçou nas próprias pernas e caiu, se embolando com Ivan no chão. Enquanto Ivan gargalhava, um homem que viu a cena começou a chutar Ivan nas costas e na cabeça. Ivan largou a mulher e se levantou, correndo na direção do ******* ** *******. Corri também e logo o alcancei. Ele havia parado de correr e alisava o nariz cheio de sangue. Parou embaixo de uma árvore e ficou alisando as costas com uma expressão de muita dor. Voltou a andar, puxando de uma perna. Começou a revirar um tonel de lixo em frente a uma garagem de um prédio, até o porteiro o espantar. Em outro prédio tentou mijar embaixo de uma árvore e outro porteiro o espantou. Passamos o largo e a rotatória entre a ***** e o ******** ** ******* e começamos a descer a ladeira da *****. No meio da ladeira, Ivan parou para olhar os navios e os barcos que cortavam o mar cingido de manchas douradas da **** ** ***** ** ******, imersa no sol de onze da manhã. Eu também parei para olhar e fiquei observando os barquinhos brancos a motor em direção à ilha de ********* e as pequenas canoas de pescadores próximo à avenida ********, com os pescadores e as suas redes que brilhavam antes de afundar no mar, formando espumas densas e prateadas que desapareciam ao tocar nos cascos das canoas. Olhei para o lado para observar Ivan e ele já voltará a andar, com os braços balançando e passos largos, quase correndo. Também corri um pouco e o alcancei. Chegamos ao largo do ***** ** ***** e Ivan parou novamente para ver o mar. Sentou na balaustrada que divide o passeio da praia e ficou balançando as pernas, enquanto sorria e olhava para as pessoas embaixo dele sentadas ou deitadas na faixa de areia entre a praia e a murada. Na praia havia poucas pessoas, algumas mães com seus filhos e casais de idosos. Duas mulheres tomavam sol viradas para o passeio, enquanto duas crianças ao lado delas brincavam fazendo castelinhos de areia. Olhei para o lado e Ivan estava se masturbando, a mão oculta, subindo e descendo embaixo da camisa. Olhava diretamente para a buceta das mulheres que estavam tomando sol e não percebiam seu gesto. Depois de um minuto aumentou a intensidade e com o movimento a ponta da camisa subiu para a barriga revelando a sua mão e o pênis. Olhei para os lados e percebi que algumas pessoas haviam notado o que ele fazia, mas não se aproximavam, apenas apontavam com espanto ou riam. As duas mulheres na praia não viam nada e continuavam conversando. Entre espasmos e babando, Ivan gozou um esperma espesso que voou para a praia em três esguichos. As mulheres não notaram nada, muito menos as crianças. Virei-me e algumas pessoas haviam se afastado e apenas apontavam ou riam. Olhando para o pênis e ainda babando, Ivan foi empurrado da murada por quatro ou cinco homens. Enquanto escutava um baque surdo acompanhado de um gemido de dor, os homens passaram correndo por mim, e desceram os degraus para a praia. Inclinei o corpo sobre a murada e não achei Ivan. Olhei na direção das mulheres e Ivan pulava as ondas e começava a nadar. Os homens também pularam as ondas e avançaram no mar, formando linhas paralelas de espumas espessas. As pessoas que ficaram na praia urravam e aplaudiam, incentivando a caçada a Ivan. Somente nesse momento as duas mulheres perceberam o que lhes ocorrera, quando algumas pessoas se aproximaram e contaram o que haviam visto. As crianças não deram a mínima e continuaram fazendo castelinhos de areia. Depois do trecho de barcos e canoas Ivan nadou para a esquerda, na direção dos rochedos que formavam uma das pontas do ***** ** *****. Para a minha surpresa, Ivan nadava mais rápido que os homens. Alguns até desistiram de persegui-lo e boiavam com a barriga para cima para descansar. Apenas dois continuaram. Ivan chegou aos rochedos e com bastante habilidade pulou de uma pedra à outra até sumir. Os dois homens chegaram aos rochedos e logo nas primeiras pedras desistiram de continuar. Ficaram se lamentando enquanto gesticulavam, até se sentarem exaustos nas pedras.

Corri pela calçada na direção que Ivan havia seguido pelos rochedos e cheguei ao ***** ** *****, esperando que ele surgisse a minha direita. Depois de alguns minutos ele apareceu nadando e alcançou os rochedos do *****. Descansou um pouco nas pedras e começou a subir para a calçada. Nenhum dos homens que o perseguia apareceu e, fora um machucado na perna, que o fazia mancar um pouco, ele parecia bem. Continuou andando pela calçada até chegar ao ***** e entrou em uma rua tranquila e arborizada entre a ***** e a avenida **********. Passou duas casas até entrar em um prédio pequeno de três andares recém pintado de branco, azul e vermelho. Não havia porteiro ou qualquer tipo de funcionário, apenas um espaço em frente ao prédio demarcado com linhas amarelas para garagem e um portão de ferro vazado que separava a calçada do prédio. Ivan passou o portão de ferro e depois uma porta envidraçada de alumínio, sumindo na escuridão do corredor. No outro lado da calçada esperei algum movimento em um dos apartamentos para saber exatamente onde ele morava. No apartamento térreo do lado direito apareceu um homem de cabelo desgrenhado e cavanhaque pontudo, com um gato preto que se equilibrava no seu ombro esquerdo. Tinha os olhos tristes e, ao mesmo tempo um sorriso no rosto, quando olhou para mim sem muito interesse, antes de sair da janela. Depois de alguns segundos outro homem apareceu no primeiro andar do lado esquerdo do prédio. Fumando, me olhou sem muito interesse enquanto parecia mordiscar alguma coisa. Usava óculos de lentes grossas que pareciam aumentar seus olhos. Calvo e com o nariz grande, lábios grossos e a barba bem feita. Um homem feio, mas elegante pelo modo como fumava. Continuou me olhando sem interesse e desdém até algo chamar a sua atenção dentro do apartamento e ele sumir. No mesmo instante um homem magro e sem barba apareceu também fumando no primeiro andar do lado direito. Tinha sobrancelhas grossas e um rosto largo e pontudo. Usava óculos e era um homem bonito, ao contrário do anterior. Esse homem não me olhou em instante algum, ficou observando o chão de cimento do estacionamento do prédio até acender outro cigarro no cigarro que tinha acabado de fumar e voltar para dentro do apartamento. Sem eu perceber um homem já se encontrava na janela logo acima do homem que eu observava anteriormente, no apartamento do segundo andar do lado direito. Tinha um cabelo encaracolado parecendo uma peruca e óculos de aro redondo. E como o homem anterior, também fumava enquanto dava pequenos goles em uma xícara que parecia conter café. Este homem me olhou de forma carinhosa antes de sumir quando duas crianças apareceram e o puxaram para dentro do apartamento, um menino mais velho e uma menina. Escutei uma voz abafada e rouca, parecendo um grunhido e encontrei uma mulher falando sozinha na janela do apartamento térreo do lado esquerdo. Devia ter cerca de quarenta ou cinquenta anos, cabelos escuros e uma nariz pontudo sobre uma boca grande de lábios carnudos. Uma mulher bonita e com olhos grandes, pretos e vazios, que parecia não olhar para direção alguma, apenas para si mesma, para dentro de si mesma. Continuou falando sozinha até cansar e voltar para dentro do apartamento. No momento em que a mulher saiu da janela, passou um velho carregando um caiaque em direção à praia. Apesar da idade praticamente corria, com passos rápidos mesmo com todo o peso do caíque sustentado pelo pescoço e a cabeça. Seguiu pela rua até sumir na esquina que dava para a praia. Olhei novamente para o prédio e no segundo andar do lado esquerdo um senhor de barba, forte e de olhos tristes olhava no sentido do mar como se tivesse observando algo que se movimentasse, um barco ou um navio. Sem olhar para mim ele saiu da janela com um pulo e sumiu. Acima dele um homem de bigode e calvo apareceu no terceiro andar do lado esquerdo. Apoiou a cabeça em uma das mãos e se sustentou no parapeito da janela. Parecia muito cansado e imensas olheiras circulavam seus olhos. Depois de alguns segundos ele saiu da janela. Logo depois, Ivan surgiu no único apartamento que sobrou, no terceiro andar do lado esquerdo. Antes que ele me visse eu me virei, dando as costas, anotei o número do prédio, 54-A, e o nome da rua em um dos livros que carregava enquanto andava em direção à praia.

6.

Logo, todos estavam mortos.

E a primeira a morrer foi Nilda.

Logo depois de encontrar Ivan, dediquei-me a ler os livros que havia comprado. Pensava nas meninas, em Iara, Nilda e Ivan, mas como a leitura me absorvia não pensava o suficiente para sair de casa e procurar por eles ou até mesmo me informar como estavam.

Uma semana depois de encontrar Ivan, os livros acabaram e a imagem de todos eles voltaram com força. Lembrava dos olhos de Nilda, do sorriso de Iara, do cheiro de sabão em pó que cercavam as meninas, do rastro de espumas que Ivan formou no mar enquanto escapava dos homens que o seguiam.

Sem conseguir fugir desses pensamentos resolvi encontrar com todos eles e acabar com a perseguição das imagens.

No hospício, a assistente me informou que Nilda piorou muito logo depois da minha última visita. Eles achavam que era uma gripe simples, mas quando perceberam ela estava na UTI, respirando por aparelhos. Três dias depois estava morta por pneumonia.

— Quando foi a minha última visita?

— Não lembro.

Eu não conseguia lembrar. Um mês? Três meses?

A assistente parecia com medo e não sorria quando falava comigo como das outras vezes. Constantemente olhava para os lados e parecia procurar alguém.

— Onde ela foi enterrada?

— No cemitério ****** ** *******.

— Alguém da família foi ao enterro?

— Não sei dizer. Talvez na administração você consiga alguma informação. Preciso ir.

Quase correndo e sem olhar para trás, afastou-se de mim.

Enquanto saía do hospício procurei o guarda que havia falado com ela e me seguido pelos muros na minha segunda visita. Não o encontrei. Todo o hospício parecia mais vazio como se todos os funcionários e os internos tivessem sido afastados, mortos ou sumidos.

Depois de sair do hospício pensei em visitar Nilda no cemitério. Cheguei a pegar o ônibus, mas no meio do caminho desisti e retornei para casa. Visitá-la para quê? Para ver uma lápide com seu nome? Não fazia sentido.

Pensei que chegando em casa eu choraria a noite toda. Apenas dormi um sono pesado e profundo. Nenhuma imagem, apenas escuridão. Escuridão e cansaço.

Três dias depois assistindo televisão vi a Iara sendo presa. Havia matado as filhas de Nilda por afogamento, na banheira de sua casa. O repórter falava ao vivo diante da casa, bem em frente ao portão branco da garagem. Logo depois aparecia um trecho gravado meia hora antes onde Iara acompanhada por policiais entrava na banheira e mostrava como havia afogado as crianças. Fazia gestos com as mãos fechadas, demonstrando como as havia estrangulado e pressionado as cabeças na direção da parte mais funda da banheira. Estava usando as mesmas roupas manchadas de quando a encontrei. A câmera se aproximou do seu rosto e ela estranhamente sorriu, acenando com a mão direita como se estivesse dando adeus para alguém. Logo depois o repórter apareceu ao vivo e após alguns segundos outro trecho gravado mostrava a entrada da penitenciária ***** ** *****. O repórter apareceu novamente ao vivo dando informações que nenhum parente de Iara foi encontrado ou ainda a procurou na penitenciária.

Nesse momento lembrei de Ivan enquanto sentia um cheiro de sabão em pó bastante forte. Caminhei pelo apartamento até chegar na pia da lavanderia. Não havia roupas lavadas. Na pia nenhum sinal de espumas ou sabão em pó. Meu pai havia saído e minha mãe dormia.

Desliguei a televisão e saí sem fazer barulho.

Antes de chegar na rua de Ivan uma ambulância cortava os carros na avenida ********** com violência, subindo o passeio e quase atropelando as pessoas. Na rua de Ivan havia um círculo de cinquenta ou sessenta pessoas em frente ao prédio, observando alguma coisa no chão. Ao lado das pessoas, a ambulância que havia visto e um carro da polícia.

Ao me aproximar enxerguei por entre as pernas das pessoas uma grande poça de sangue espalhada no asfalto.

As pessoas diziam que um homem tinha se jogado do prédio. Olhei para o apartamento de Ivan e havia muito movimento, com policiais à paisana e fardados aparecendo e depois saindo das duas janelas. Nos outros apartamentos todas as janelas estavam fechadas.

Um policial controlava a entrada e a saída do prédio. Disse a ele que era morador e precisava pegar meus cadernos da faculdade no apartamento do terceiro andar no lado esquerdo. Ele me olhou por alguns segundos e liberou a entrada. Policiais desciam as escadas conversando. Abaixei a cabeça e subi devagar. Entrei no apartamento de Ivan como se fosse um policial entediado, sem olhar para o rosto de ninguém e não parei em canto algum para evitar uma possível conversa. Dentro do apartamento devia ter cerca de oito ou dez policiais. Conversavam em grupos isolados sobre milhares de coisas, desde futebol até sobre as esposas, menos sobre Ivan ou a cena do crime. Ninguém notou minha presença. Apenas alguns policiais me olhavam por alguns segundos, mas sem eu parar de andar, como se estivesse procurando algo ou alguém, nenhum deles me interpelou.

O apartamento de Ivan era composto por uma sala pequena que dava para uma cozinha com um quarto de empregada anexo, um corredor estreito que levava a um banheiro entre dois quartos, um menor, o da esquerda e outro maior, o da direita, cuja janela eu o vi da rua e de onde possivelmente ele se jogou. Entrei no quarto maior e pela janela dava para ver que ele ainda bateu na grade que separava o prédio da calçada, caindo logo depois para o lado da rua. Nesse quarto maior ele possivelmente dormia e passava a maior parte do tempo. Havia um colchão jogado no chão e peças de roupas sujas, manchadas de sangue. Papeis higiênicos sujos de bosta, sangue e uma coisa amarelada que parecia catarro ou esperma. Não havia televisão ou aparelho de som. Quando saía do quarto vi coberto pelas roupas no chão a ponta de um caderno preto. Era um dos cadernos que Ivan e Carlos pegaram durante a busca pelo velho. Peguei o caderno. Sem escondê-lo, ainda circulei pelo apartamento com ele na mão enquanto procurava outros objetos. Olhei o outro quarto. Só havia roupas sujas. Na sala os policias conversavam sentados no sofá. Caso existisse alguma coisa escondida no sofá, eu a perdi. Esqueci de olhar no banheiro e retornei pelo corredor. Mais roupas sujas, manchas de sangue, nada nos armários, atrás do vaso sanitário ou dentro da caixinha de água que fica em cima do vazo. Passei pela sala novamente e entrei na cozinha. Olhei atrás da geladeira e do fogão apenas de relance, sem puder me abaixar ou tatear nada. Caso houvesse alguma coisa nos armários ou embaixo da pia, também havia perdido. Os policiais fumavam e bebiam café em copinhos plásticos de uma garrafa térmica que trouxeram de alguma viatura. Era impossível procurar algo. Segui adiante e entrei no quarto de empregada. Havia duas estantes de ferro com mantimentos e produtos de limpeza misturados nas prateleiras e espalhados no chão. Olhei nas prateleiras, atrás das estantes e da porta de plástico até encontrar, enrolado em um pano de prato, um caderno escolar pequeno colocado no espaço do chão entre o vaso sanitário e a parede. Abri o pano e coloquei o caderno preto junto com o caderno escolar. Saí do apartamento sem ninguém me incomodar. Na rua o movimento havia diminuído e a mancha de sangue do corpo de Ivan secava e sumia no asfalto.

Pensei em me sentar em alguma praça para ler os cadernos e desisti. Peguei o primeiro ônibus na direção da casa de Iara, com a esperança de achar alguma coisa como havia achado no apartamento de Ivan.

O ônibus não chegava até a rua de Iara. Saltei o mais próximo possível, cerca de cinco ruas antes ou dez minutos de caminhada.

Em um campo de terra protegido por telas crianças jogavam bola. Antes que eu percebesse, uma bola passou voando diante do meu rosto com velocidade, como se tivesse sido chutada ou arremessada por alguém muito forte. Virei-me e quatro crianças estavam paradas no meio do campo me observando. Quando dei o primeiro passo em direção a elas para reclamar, um velho passou correndo ao meu lado, vindo por trás de mim, segurando uma bola. Continuou correndo até chegar ao centro do campo e reunir as crianças sobre seus braços. Conversou com elas por alguns segundos e depois elas voltaram a brincar, com o velho se afastando para a sombra de uma árvore.

Quando voltei a caminhar escutei gargalhadas nas minhas costas e me virei. As crianças brincavam e o velho bebia água, sentado no chão e escorado no tronco da árvore.

Na rua de Iara uma viatura da polícia estava estacionada bem em frente à garagem de portão branco. Esperei por meia hora até sentir fome. Retornei duas ruas até uma praça onde havia várias barracas de frutas. Comprei uma maça, uma banana, um mamão pequeno e uma beterraba. Levei tudo até uma padaria e comprei leite. Pedi que me dessem uma faca e descasquei tudo, misturei com o leite e paguei para que batessem no liquidificador. Coloquei em um copo plástico grande, usado para suco de laranja, e voltei para a praça. Nesse momento um velho apareceu vendendo café, cigarros e fósforos sobre um tabuleiro suspenso por uma tira presa ao seu pescoço. Agradeci, disse que não queria nada e voltei a beber a minha vitamina. Ele se afastou balançando uma caixinha de fósforos e cantando para chamar a atenção.

Terminei a vitamina e retornei para a rua de Iara. A viatura não estava mais estacionada. Depois de dois minutos caminhando, um velho saiu de uma casa ao lado da casa de Iara. Olhou para os dois lados e se virou na minha direção, andando com passos largos, quase correndo. Usava uma boina xadrez que escondia seu rosto e se vestia como um estivador, com botas pretas robustas, calça branca de linho e uma camisa listrada. Na mão direita carregava uma lata transparente de gasolina. Ao passar por mim, deixou um cheiro forte de peixe, sal, maresia, um cheiro de mar.

Duas casas depois o cheiro de mar desapareceu e o fedor de fumaça se espalhou pela rua. Por entre o portão branco da garagem da casa de Iara, os primeiros nacos de fumaça começou a se espalhar pelo passeio, avançando pelo asfalto. Continuei andando e vi o fogo nas janelas, na porta e no madeiramento do telhado, formando uma fumaça alva e espessa, com tons amarelados em alguns locais. Fiquei mais alguns segundos até uma das janelas ceder e surgir o fogo dourado no meio da escuridão e da fumaça, subindo pelas paredes e se erguendo na minha direção como se fossem garras. Quando a outra janela cedeu eu me afastei e caminhei até a esquina da rua, distante cerca de três casas.

Ninguém apareceu para conter as chamas. Os vizinhos apenas saíram de suas casas e foram para o outro lado da calçada. Pareciam felizes ao ver o fogo cada vez se espalhar mais e mais.

Quando o telhado caiu com um estrondo e uma nuvem de poeira e fumaça se espalhou para todas as direções, eu saí da esquina. Andei duas ruas e peguei o primeiro ônibus para casa.

7.

O ônibus faria um trajeto imenso que passaria por muitos bairros até chegar na minha casa. Quando ele passava pela *******, e surgiu os barcos pequenos e coloridos dos pescadores, a praia calma e deserta, desci.

Caminhei pelo passeio onde havia poucas pessoas por ser um dia da semana. Sentei em um banco de cimento sob a sombra de uma árvore. As raízes da árvore levantavam o calçamento e descia pela murada baixa que dividia a faixa de areia do passeio. As folhas secas da árvore caíam sobre a areia, sobre os barcos e flutuavam nas ondas fracas que nem formavam espumas.

Abri o caderno preto que encontrei no apartamento de Ivan. Tinha cerca de duzentas páginas e estava preenchido, tanto na frente como no verso das folhas, por uma escrita pequena e redonda. Entre a escrita aparecia mapas desenhados de regiões que pareciam ser da *********, *******, ***** e ******. Nos mapas havia interrogações sobre nomes de cidades e estradas pintadas de vermelho, verde ou amarelo. Em quadrados na parte esquerda inferior dos mapas havia a legenda e o que significavam as cores. Em alguns mapas também havia sinais de cruz ou círculos vermelhos, amarelos e verdes com suas respectivas legendas. Nas últimas cinquenta páginas havia um diário que cobria os anos de **** até ****. Ou seja, 56 anos. As datas para cada ano eram poucas, três ou quatro no máximo, escritas em no máximo dez linhas.

Tirando os mapas cujos nomes das cidades e as legendas davam para visualizar e compreender o significado, o restante era ilegível. Apesar da mesma caligrafia percorrer todo o caderno, era escrito em uma língua que eu desconhecia. Na verdade, parecia escrito em várias línguas. Havia alguns trechos onde algumas palavras eram acentuadas com símbolos estranhos, tanto sobre consoantes, como sobre vogais. E a vírgula quase não era usada, as palavras se encandeavam uma sobre as outras até chegar a um ponto final, para depois retornarem ao fluxo contínuo. Outros trechos não possuíam acentuação alguma, o uso da vírgula e das pontuações em usadas, apenas as palavras possuíam mais consoantes que vogais, como se as vogais estivessem sendo suprimidas ou cortadas. E pequenos trechos isolados possuía uma grafia onde eu não conseguia identificar o que era consoante, vogal ou qualquer símbolo de pontuação, a não ser o ponto final.

O diário terminava entre seis ou oito meses antes de Ivan e Carlos pegarem o caderno, dando a entender que o diário continuava em outro caderno e que mais nada foi escrito nele devido ao fim das folhas.

Peguei o caderninho escolar que achei no apartamento de Ivan. Havia várias folhas arrancadas, com as tiras de papel que ficavam presas no arame depois que as folhas são retiradas, formando a maior parte do caderno. No restante das folhas não havia nada de valor. Algumas folhas estavam rabiscadas com desenhos toscos de estradas e bonequinhos de palito dentro de um carro, bonequinhos de palito na praia sob um sol grande de raios em ziguezague ou entre árvores parecendo um bosque, ou uma floresta sob uma lua minguante. Esses mesmos bonequinhos apareciam copulando em várias posições sobre uma cama, no chão, encostados em paredes, sobre um carro iluminado por uma lua minguante ou um sol grande de raios em ziguezague. O restante das folhas estavam riscadas de várias formas: círculos, quadrados, estrelas ou apareciam palavras soltas, como: morte, Nilda, Iara, Leno Maria, morte no *****, morte na *********, morte em qualquer lugar e em qualquer momento, morte, morte, morte, morte, até acabar o caderno.

Levantei a cabeça e olhei para o mar. Os pescadores começavam a retornar e manobravam os barcos para estacioná-los. Os cascos coloridos brilhavam, as redes e os peixes refletiam uma luz branca e dourada enquanto os pescadores se movimentavam no meio da luz e da claridade. Meus olhos arderam. Fechei-os e lágrimas escorreram quando abaixei a cabeça. Abri os olhos novamente e vi uma caixa de fósforos meio enterrada na areia. Peguei os cadernos e com um pulo desci a murada. Havia cinco fósforos que não foram usados. Encostei na murada, olhei para os lados e enxerguei, além dos pescadores no mar, apenas um homem que caminhava sozinho na minha direção, ainda muito distante. Coloquei fogo primeiro no caderno escolar cheio de rabiscos, enrolando ele e formando algo parecido com um charuto. Quando a chama se espalhava por metade do caderno, coloquei o caderno preto sobre ele. Uma chama verde se formou rapidamente antes dos cadernos se retorcerem inteiros e as folhas convergirem para dentro e se fecharem como uma flor de fogo. Quando uma fumaça preta começava a surgir, joguei areia até o fogo apagar. Apenas o arame do caderno escolar ainda crepitava. Coloquei mais areia e formei um monte. Levantei-me e pisei sobre o monte até ele ficar no mesmo nível da praia.

Olhei na direção do mar e os pescadores ainda remexiam nas redes ou estacionavam os barcos. Olhei para um lado e não havia ninguém. Olhei para o outro e não havia ninguém. Subi a murada e voltei a caminhar pelo passeio na direção do próximo ponto de ônibus.

— Leno Maria? É você mesmo, meu querido?

Virei-me e Carlos caminhava na minha direção, com os braços abertos, sorrindo.

8.

— Leno, Leno, Leno, que saudade de ti, meu querido, que saudade...

E me abraçou de forma esquisita, como se tivesse abraçando um boneco ou um fantoche, como se não quisesse fazê-lo e ao fazer não conseguisse esconder pelo modo como me abraçava, o quanto não quisesse me abraçar. Um abraço falso e sem sentido, já que ninguém veria aquele abraço pela rua estar deserta naquele momento, e também por eu perceber o teatro que eram as suas palavras e gestos.

Tudo era falso e sem sentido, inclusive meus modos que compactuaram com aquela mentira. Fiquei parado, sem me mexer, esperando que o abraço de Carlos acabasse. Depois ele começou a caminhar pela calçada com um braço sobre meu ombro perguntando sobre minha vida, sobre meus dias desde o último dia que havia me visto, por onde eu tinha andado.

— Fiquei em casa escrevendo, como sempre.

— E seus livros? Conseguiu alguma editora?

— Não.

— Procurou as editoras daqui?

— Aqui? Aqui não existe editoras.

— E aquela editora independente? Não é daqui?

— Mandei meus livros e eles não me responderam.

— Vão responder, Leno, vão responder.

Fiquei intrigado como ele sabia que havia enviado meus livros para uma editora independente em ********. Pensei em perguntar diretamente como ele sabia disso ou perguntar através de alguma indireta, mas fiquei calado.

Parou de me abraçar e ficou alisando o rosto como se quisesse espantar o sono. Não parecia estar doente, apenas cansado. A sua aparência continuava a mesma, talvez até mais forte e saudável do que na época da viagem.

Seguimos pela avenida até passarmos por um ponto de ônibus. Eu disse que iria embora para casa e voltei na direção do ponto.

— Não, Leno, não. Vamos caminhar mais um pouco, tanto tempo que não nos vemos, vamos.

E me abraçou novamente, praticamente me puxando com o braço envolto ao meu pescoço. Dei um solavanco com os ombros e ele parou de me apertar, mas continuou me abraçando e me conduzindo. Com um leve empurrão ele me colocou para sentar em um banco de cimento diante da praia.

— Vamos sentar, Leno, vamos sentar.

Naquele trecho a baía se abria e dava para ver o bairro do ****** e a igreja no alto da colina. O mar brilhava, mais pescadores retornavam lentamente e manobravam os barcos. Carlos me soltou e ficou alisando a testa lentamente com a ponta dos dedos enquanto contorcia o rosto de dor.

— Estou exausto, Leno. Estou tão cansado. Como é difícil viver a vida com dignidade nessa cidade.

Olhei para as casas no outro lado da costa. As janelas ou qualquer pedaço de metal ou vidro refletia a luz do sol, formando pontos luminosos fugazes que brilhavam enquanto o sol se movimentava.

— Você sabe como ganho a vida? Jogando xadrez. Você imagina como é difícil ganhar a vida jogando xadrez? Você imagina como é difícil pensar cada jogada sua e cada jogada do seu adversário para dali extrair uma vitória?

Os pescadores que haviam chegado mais cedo tratavam os peixes sobre uma pedra negra, grande, lisa e redonda que parecia brotar da areia. As facas, as escamas sobre a pedra e os braços dos pescadores brilhavam.

— Veja os pescadores como exemplo. Veja o trabalho monstruoso que é avançar pelo mar, localizar os peixes, capturar com as redes, puxar com os braços todo o peso que ali tiver, jogar para dentro do barco, retornar para a costa e depois tratá-los, tudo isso enquanto o sol ou a chuva ou o vento e o próprio mar te favorece ou desfavorece, te ajuda ou te prejudica. E tudo isso pra quê?

Mais pescadores chegavam na praia. Pulavam dos barcos e depois carregavam os cestos cheios de peixes até a linha de água, onde o sangue dos peixes tratados se misturavam a espuma alva que as ondas pequenas e lentas formavam. O mar crescia.

— Para nada. Tudo isso para nada, tudo isso pra mixaria e uns trocados. A única coisa de real valor nisso tudo é o trabalho em si. A determinação e a força de vontade para executar o trabalho, os movimentos que devem ser perfeitos e o são, a glória e a honra de chegar a um objetivo final. Mas o resultado desse trabalho é vil, pequeno e mesquinho, simplesmente porquê ninguém dará valor a nossas ações, ninguém reconhecerá nosso esforço e luta, ninguém irá nos agradecer ou parabenizar. Ora essa, Leno, se ninguém nos reconhece, qual o sentido de executar um trabalho perfeito? Se ninguém nos glorifica, qual o sentido de chegar a um resultado final?

As espumas que eram alvas se tornaram rosadas e depois simplesmente vermelhas na mesma cor do sangue. O cheiro doce do sangue misturado com o do mar era espalhado pelo vento.

— Qual o sentido de vencer ou perder? Ajudar ou prejudicar? Fazer o bem ou o mal? Qual o sentido de nossas ações e trabalhos se não for as ações e os trabalhos em si, o tempo presente em que eles transcorrem e é sentido apenas por nós mesmos? Qual o sentido do resultado? Nenhum, Leno, nenhum.

O mar cresceu e as espumas de sangue brilhavam e se espalhavam sobre a areia, formando flocos vermelhos que em poucos segundos desapareciam no vento.

— Somos frágeis, somos de vidro, somos como gravetos. O que são nossas ações no tempo? Toda nossa bondade ou maldade, todo nosso amor ou rancor? Todos os nossos sentimentos?

Os pescadores recolocavam os peixes já tratados de volta nos cestos. Sobre a pedra negra as entranhas misturadas com sangue escorriam e se acumulavam na areia em poças pequenas.

— A mesma coisa é a morte. A minha morte, a tua morte, a morte de todos nós. Será que merecemos a morte que teremos? Será que é justa? Existem tantas pessoas que cometeram crimes em vida, mas é recompensado com uma morte tranquila, dormindo em casa, sobre lençóis limpos. Enquanto outras morrem queimadas depois de uma longa sessão de horror ou com os pulmões inchados e sangrando por alguma doença, ou jogados pela janela do seu apartamento. Isso é justo? Estas pessoas mereceram esse fim?

Com o peso dos cestos nas costas, os pescadores com as suas pisadas formavam buracos fundos na faixa de areia molhada, que era melhor para caminhar do que na parte seca. Escorrendo dos cestos e passando pelas costas dos pescadores, o sangue dos peixes formavam uma linha fina e vermelha na areia que logo desaparecia quando uma nova onda se espalhava. O mar crescia e as ondas chegavam mais fortes na praia. Os pescadores caminhavam lentamente para uma casa com as paredes cobertas de azulejos brancos e azuis, tanto na parte interna, como externa. Havia um grande balcão também coberto de azulejos no centro da casa. Os pescadores colocavam seus cestos no chão e depois retiravam os peixes, colocando sobre o balcão. A casa dos pescadores estava a vinte, trinta metros de distância da pedra negra.

— A água entrava pelos meus pulmões e lentamente eu sentia eles ficarem pesados e inchados como se água estivesse preenchendo todo o espaço possível. Tentava mover meus braços e pernas e não conseguia, apenas meus olhos observavam a luminosidade que vinha de fora sumindo e mudando o tom da cor do mar de esverdeado para um azul- claro e depois um azul bem escuro, quase preto. Meu corpo afundava lentamente. Antes que eu percebesse, meus pés dormentes tocaram o fundo do mar. Ao redor de mim apenas escuridão. Lentamente meu corpo se inclinou e girou, caindo de costas na areia. Depois de todos os tons de cor, no final da parte esverdeada, aparecia um ponto luminoso circular, que me lembrava o sol ou a redoma de metal dos postes que protegem as lâmpadas. Pensei que a partir dali meus olhos fechariam, meus pulmões terminariam de se encher de água e eu morreria. Mas não, continuei acordado, com meu corpo que eu não tinha mais controle sendo levemente arrastado pela correnteza. E depois de meia-hora ou três horas, não sei ao certo, senti pequenas fisgadas, que não doíam devido à dormência, na parte debaixo dos pés. Inclinando um pouco a cabeça consegui ver peixinhos dourados ao redor dos meus pés, milhares de peixinhos. Logo meu sangue e pequenos nacos de músculos e pele dos meus pés começaram a flutuar sobre minhas pernas, parando na altura da canela. Tentei me mover e nada. Tentei gritar e nenhum som saiu da minha boca, apenas bolhas grossas e imensas que turvaram minha visão. Tentei chorar e nada, nenhuma lágrima saiu dos meus olhos. De repente, os peixinhos se afastaram lentamente para a escuridão, saciados. Com a correnteza levando a massa de sangue para longe pude ver minhas pernas sem meus pés, apenas o toco com restos de carne, ossos e sangue. Desmaiei. Quando acordei novamente, havia centenas de peixes azuis com faixas amarelas ao redor das minhas pernas e quadril. Estes peixes eram maiores que os outros que devoraram meus pés. Em menos de três minutos, depois da massa de sangue passar sobre meu rosto, sendo levada pela correnteza, constatei que não tinha mais pernas e nem quadril, meu corpo acabava na altura da barriga, com parte do intestino flutuando e se arrastando na areia. Tentei gritar e nada, apenas bolhas grossas saíram de novo da minha boca. Desta vez não desmaiei, fiquei observando o intestino se arrastando pela areia ao sabor da correnteza. Até que na minha direita surgiu uma sombra volumosa que não conseguia definir. Na faixa da escuridão a sombra se movia devagar como se estivesse me observando. Do meu lado direito ela passou para o lado esquerdo, sempre na faixa escura. Antes que eu percebesse um peixe gigantesco, onde a parte frontal da cabeça era apenas dentes finos e afiados como linhas recurvas, com a órbita dos seus olhos projetados para cima, quase sobre o dorso preto com linhas brancas estriadas, mordeu meu tronco e parte do meu pescoço com apenas uma bocada, levando com ele até mesmo o sangue ou qualquer resquício de músculos e ossos. E da mesma forma que surgiu, desapareceu sem que eu percebesse. Naquele ponto enxergava apenas a ponta do meu nariz. O resto do meu corpo não existia. Apenas fragmentos de ossos e músculos se misturavam com a areia ou ainda flutuavam de um lado para o outro. Foi um desses fragmentos que o primeiro peixinho comeu. Um peixinho menor que aqueles que comeram meus pés. Comeu o fragmento e se virou para mim, com todo o dorso branco como se fosse albino e os olhos alaranjados. Bateu a cauda por alguns segundos e depois nadou na direção do que restou do meu pescoço. Logo depois apareceram dez, vinte, centenas do mesmo peixe e cobriram toda a minha cabeça. Antes que eu pudesse reagir, tentar morder ou assoprar com a boca os peixes que estavam comendo meus lábios, meus olhos despencaram e caíram sobre a areia, virados para cima na direção da minha cabeça que permanecia sustentada pelos peixes. Restos de cabelo e fragmentos de ossos, músculos e cérebro caiam sobre meus olhos em partículas bem pequenas, minúsculas, que sobravam da voracidade dos peixes. Apenas meus olhos não eram tocados. Depois de devorar minha cabeça, parte dos peixes desceram na faixa de areia e comeram os pedaços que sobraram. O restante se dispersou, sumindo lentamente na escuridão, completamente saciados. Logo depois os outros que comiam os restos também se foram. Pensei que logo iria surgir outro cardume que comeria meus olhos e acabaria com meu sofrimento. Mas não, o tempo escoou em horas intermináveis que não conseguiria dividir em dias, meses ou anos e meus olhos permaneceram vivos, junto com a minha consciência que não se desvanecia apesar de meu corpo ter se extinguido. Meus olhos permaneceram abertos, já que minhas pálpebras haviam sido devoradas, contemplando o nada que nunca se modificava: a luz que incidia sobre mim, permanecia igual e constante como no primeiro momento em que havia tocado o fundo do mar; a correnteza também não mudava e permanecia constante, sem nem mesmo mover um grão de areia do lugar e formar um pequeno monte para sinalizar a passagem do tempo; a escuridão ao meu redor era uma parede uniforme onde não surgia nada, nem mesmo os peixes que haviam me devorado. Apenas existiam naquele local no fundo do mar meus olhos e a minha consciência, nada mais. Mas até mesmo o nada se modifica e em algum momento que não saberia definir, está mudança aconteceu. No lado direito do meu olho surgiu um turbilhão de areia imenso que escondeu toda a escuridão ao meu redor e fez com que meus olhos fossem erguidos, sacudidos e jogados para todos os lados possíveis, até que no meio da massa marrom-acinzentada dos flocos de areia eu despertasse do sonho, Leno, despertasse do sonho empapado de suor, ou melhor, eu despertasse do pior pesadelo da minha vida e sentisse todo o meu corpo vivo, ali, sobre a cama, mesmo que levemente paralisado e dolorido devido à imobilidade que o pesadelo me causou. Será isso um símbolo do futuro? Será que nosso destino se descortina em nossos sonhos sem que consigamos perceber? O que você acha, Leno? Você sonha? Você tem pesadelos? Você já sonhou sua própria morte?

Sem saber o que responder, primeiro eu disse sim, depois disse não e depois disse que não saberia responder. Olhei para Carlos e ele contemplava o mar com os olhos fixos. Todo seu rosto havia se transformado desde que paramos para sentar no banco. Parecia exausto e cheio de medo, bem diferente do momento em que nos encontramos. E sobre todas as coisas que ele falou, eu não entendi nada, completamente nada. Parecia decepcionado com a minha resposta sobre os sonhos, talvez quisesse uma resposta à altura do relato que me contou ou dos seus questionamentos. Ou talvez nem com isso se importasse. Parecia imerso em si mesmo.

Nesse momento houve um barulho na direção da casa dos pescadores. Uma das cestas cheia de peixes se partiu. Os peixes se esparramaram pela areia e os pescadores saíram correndo para pega-los. Alguns peixes pulavam ou escorregavam da mão dos pescadores, que riam uns dos outros. Rapidamente todos foram pegos. Olhei para o lado e não vi mais Carlos. Sobre o banco, colado a minha perna, havia alguma coisa envolta com um lenço branco encardido, cheio de manchas de sangue. Assim que puxei um pedaço do lenço dois olhos rolaram pelo banco, depois pela murada e caíram na faixa de areia. Horrorizado e, ao mesmo tempo curioso, pulei a murada, dei dois passos e me aproximei dos olhos, sem coragem para pega-los. A parte da íris ficou voltada para cima e logo consegui identificar os olhos do velho, o velho que Carlos e Ivan torturaram e mataram. Estranhamente os olhos ainda estavam intactos como se tivesse sido retirados há poucas horas. As veias sobre a parte branca ao redor da íris ainda pareciam pulsar e estavam um pouco dilatadas. Levantei a cabeça meio tonto e olhei na direção dos pescadores, na direção da baía e nada de Carlos. Caminhei até a água e me recostei na pedra negra. Procurei ao longo do mar e nada, nenhum sinal. Fiquei parado alguns minutos sentindo as ondas quentes tocarem meus pés e lembrando vagamente certas imagens e locais que a visão dos olhos do velho trouxeram, enquanto observava o mar, os barcos e o outro lado da baía na esperança de Carlos aparecer. Nada. Olhei na direção dos pescadores e nada. Saí da água. Caminhava na direção do banco em que estava sentado quando um cachorro magro, feio e doente, com o pelo amarelo encardido cheio de manchas de óleo e sangue, encostou nos olhos do velho e com uma bocada e duas mastigadas, engoliu um dos olhos. Dei um grito e ele se virou assustado na minha direção. Abaixou a cabeça com pressa e pegou o outro olho, correndo logo em seguida rente a murada com o olho preso entre os dentes. Subiu os degraus de uma escada e sumiu na rua.

Restou apenas o lenço, que o cachorro ao pegar os olhos, afundou um pouco na areia. Ergui o lenço e o posicionei contra o vento. Abri a mão e o vento carregou-o na direção do mar até cair na água, em uma onda que havia acabado de arrebentar na praia. Depois de alguns segundos o lenço afundou e sumiu entre as espumas.

pólen soft 80 gr/m2
tipologia alegreya mt
impresso na primavera de 2020